冬空こうじ
イラスト 小森くづゆ
JN131473
彼女の“適切な距離《ソーシャルディスタンス》”が近すぎる
kanojyo no Social distance ga chikasugiru
2

「このくらいで
恥ずかしがってるの？
相変わらずお子様ね」

「い、いいいいくら何でも
やり過ぎたかしら」

「ゆーくん❤に、似合うかな…？」

「……行かないで、夕市」

kanojyo no Social distance ga chikasugiru

CONTENTS

彼女の“適切な距離《ソーシャルディスタンス》”が近すぎる 2

冬空こうじ

GA文庫

カバー・口絵　本文イラスト
小森くづゆ

Please KEEP Your DISTANCE

序章

緊急事態宣言下の模範的カップル

PROLOGUE

kanojyo no Social distance ga chikasugiru

「おっはよー、ゆーくん！」

教室に入るなり、凪咲《なぎさ》の聞き慣《な》れた声が俺《おれ》を出迎《むか》える。

「おはよう、凪咲」

凪咲と正式に付き合い始めたのは、一学期の半《なか》ば頃《ごろ》。

それから約二カ月。

一学期が間もなく終わろうという今も、恋人関係は順調に続いている。

凪咲は俺の腕《うで》を抱《だ》こうと両手を広げるが、すぐに慌《あわ》ててその動きを止めた。

そして懐《ふところ》から取り出したのは、消毒用除菌《じょきん》シート。

「おおっと危ない、いつも忘れちゃいそうになるよ……」

そう、俺と凪咲の関係は単なる恋人同士、というだけではない。

政府の極秘プロジェクトによる、感染症対策に配慮《はいりょ》した模範《もはん》的カップル像。

そのロールモデルとしての活動も継続《けいぞく》中である。

何しろ新型感染症の流行がまったく収まる気配《けはい》がないのだ。

凪咲の姉である玲《れい》さんからも、引き続きロールモデルの継続を依頼《いらい》されている。


「よーし、これで除菌はバッチリ……それじゃあ遠慮《えんりょ》なく、えいっ！」

凪咲は俺の腕をぎゅっと抱き締《し》めて、体を寄《よ》せてくる。

大きな胸《むね》が押し当てられて、凪咲の吐息《といき》を感じるほど顔も近い。

ぱっちりとした瞳《ひとみ》に、快活《かいかつ》そうで可愛《かわい》らしい顔立ち。

付き合い始めてそれなりに経《た》った今も、まったく馴《な》れずどきどきしてしまう。

「あなた達、イチャつくのはいいけど期末テストは大丈夫だったの？」

ふと背後から声を掛けられて、凪咲はびくんと体を震わせる。

声の主である俺の幼馴染《おさななじみ》、真鍋亜紀《まなべあき》はこちらにじっとりと湿った視線を向ける。

「あはは……。た、たぶん赤点は取ってないと思うよ、亜紀ちゃん」

中間テストの時と同様、凪咲は亜紀に理数系の勉強を見てもらっていた。

その時のスパルタ教育により、凪咲は亜紀に頭が上がらないのである。

「……で、夕市《ゆういち》はどうなの？」

亜紀は俺の方に向き直り、長い黒髪をかき上げつつ尋《たず》ねる。

「中間テストの時よりは成績が上がってると思うぞ」

「そう。佐柳《さなぎ》さんと付き合うのに浮かれて、成績を落とさないかと思ったけど」

「落としたらお前に何て言われるかわからないからな」

「人を小姑《こじゅうと》みたいに言わないでよ、もう」

少しむくれながら自席へと向かう亜紀。

俺と凪咲も自席へ座り、またべたべたとくっつき合う。

「よぉ蔵木《くらき》……毎朝いいご身分だなぁ」

前の座席に座る小川《おがわ》が羨《うらや》ましそうに俺を睨《にら》む。


凪咲と付き合って以来、こんな感じの日常がすっかりお馴染みである。

一日中凪咲とくっついて、男子生徒から羨望《せんぼう》の眼差《まなざ》しを向けられて。

平凡で退屈だった俺の日常は、すっかり一変したのである。

――そんな日常に、間もなく大きな変化が訪《おとず》れようとしていた。

◇◇◇◇◇

「いよいよ夏休みだねっ、ゆーくん」

昼休み。

いつもの中庭のベンチで凪咲と昼食をとっていた。

凪咲はいつも以上にご機嫌な様子である。

「そうだな。期末も終わったしあと一週間で一学期も終わりか……」

「うーん、嫌なテストも終わってもうすぐ夏休み！　解放感でいっぱいだよ！」

上機嫌になるのも納得である。

期末テスト後のこの時期、心が弾《はず》まない学生はいないだろう。

「夏休みはいっぱいデートしようね！　動物園と水族館と映画館と、スイーツ巡《めぐ》りもしたいしプールや海も絶対行きたい！　お祭りも絶対行こうね！」

ハイテンションでまくしたてる凪咲。

うむ、海にプール……。

凪咲の水着姿は正直死ぬほど見たい。

さぞや男達の視線を集めることだろう。

お祭りでの浴衣《ゆかた》姿なんかもさぞや可愛らしいに違いない。

と、希望に胸は膨らむものの。

「ま、まあでも俺達は感染症対策の広告塔みたいなカップルだからな。うまく混雑を避《さ》けて、行く場所も玲さんの了解を得《え》ないとな」

「うー……そうだよねぇ。あーあ、早く新型感染症が収まればいいのにね」

　本当にその通りである。


　そんな具合にのんびりと昼食を楽しんでいると、不意に凪咲のスマホが振動する。

「あれ、お姉ちゃんからだ。こんな時間に連絡なんて珍しいな」

　もぐもぐとサンドイッチを食べながら首を傾《かし》げる凪咲。

「玲さんからか。どうかしたのか？」

「えーと……。話があるから学校が終わったらゆーくんと一緒に来て欲しい、だって」

「話？　プロジェクトのことかな」

「わかんないけど、ゆーくん放課後大丈夫？」

「ああ。テストも終わったしな」

「やった！　じゃあ夏休みどんなデートするか、お姉ちゃんの話が終わったら一緒に相談しようね！」

　凪咲は嬉《うれ》しそうに俺の腕を抱いて、にこにこと笑みを浮かべる。

　そうだ。

　いよいよ凪咲と付き合ってから、初めての長期休暇《きゅうか》が始まるんだ。

どんなに楽しい夏休みになるか、今から想像するだけでにやけてしまう。

◇◇◇◇◇

そして迎えた放課後。

俺と凪咲は手を繋《つな》いで、二人とも上機嫌で凪咲のマンションへと歩いていった。

「ただいまー、お姉ちゃん！」

佐柳家のドアを開けると、すぐに玲さんが出迎える。

「おかえり、凪咲。蔵木君もわざわざ来てもらって悪いわね」

「いえ、どうせ放課後も暇《ひま》ですし」

「さ、上がって上がって」

相変わらず家では芋《いも》ジャージ姿の玲さん。

こう見えて、国家プロジェクトに関《かか》わる超エリート公務員なのである。

凪咲は自室にぽいと鞄《かばん》を放り投げると、俺の手を引いて居間へと向かう。

テーブルには既にお茶が用意されており、玲さんは俺と凪咲の正面に座る。

「さて」

咳払《せきばら》いを一つして、珍しく真面目《まじめ》な雰囲気《ふんいき》を漂《ただよ》わせる玲さん。

「これから話すことは、まだ公表前だから内密にお願いできるかしら」

思った以上に重そうな導入に、俺は緊張しつつ頷《うなず》きを返す。

凪咲も面食らったような表情で、不安そうに俺の方を見る。

「も、もちろんです。いったい何の話ですか？」

「これから数日後、政府から緊急事態宣言が発出されるわ」

「え⁉　そ、それって新型感染症対策のためですか？」

「そうよ。学生が夏休みに入って、人の動きが増えるのを抑えるのが狙《ねら》いの一つ。あとは、さすがに最近感染者が増え過ぎてるしね」

玲さんの言う通り、新型感染症の感染者数は右肩上がりの一方だ。

報道では連日、過去最高を更新したと言っている。

「で、でもどうして俺達にそれをわざわざ言うんですか？」

「それはもちろん、あなた達の感染症対策ロールモデルとしての活動に影響があるからね」

それを聞くと、ここまで黙っていた凪咲が不意に身を乗り出した。

「き、緊急事態宣言だからって、デートくらいしてもいいよね？　行く場所はちゃんとお姉ちゃんの言うこと聞くし、除菌とか検温とか絶対きちんとするから！」

しばしの間、じっと視線をぶつけ合う姉妹。

やがて玲さんは、小さな溜息《ためいき》とともに首を横に振った。

「結論から言うと、緊急事態宣言中は一切《いっさい》の外出デートを禁止するわ」

「そ、そんな……。それじゃあゆーくんと遊びに行けないの？」

「そうなるわね」

「動物園も水族館も、スイーツ巡りも海もプールも花火も、全部行けないの？」

「全部ダメね」

きっぱりとした玲さんの返答。

凪咲はがっくりとテーブルに突っ伏《ぷ》してしまう。

「うえぇ……そんなの嫌だよぉ……。お姉ちゃんのバカ！」

「ぐっ……。し、仕方ないでしょ。緊急事態宣言中は、不要不急の外出を避けるよう要請しているのよ。あなた達は政府の方針を反映した模範カップル。当然、緊急事態宣言中に相応《ふさわ》しい行動をしてもらう必要があるわ」

「ゆーくん……どうしよう」

俺に助けを求めるように、凪咲が泣きそうな瞳を向ける。

そうは言っても、こればかりは仕方のない話だろう。

「凪咲、これは玲さんの言う通りだ。緊急事態宣言中にカップルで遊び回るのは、控えるのが正しいと思う」

「でも、ゆーくんと付き合って最初の夏休みだよ。なのに、ずっと家に籠《こも》って会えないなんて寂《さび》し過ぎるよぉ……」

力無く項垂《うなだ》れてしまう凪咲。

その姿を見た玲さんは、にやりと笑みを浮かべた。

「人の話は最後まで聞きなさい、凪咲。夏休み中、蔵木君とは毎日会えるわよ」

「え？　で、でも緊急事態宣言中は家にいないといけないんじゃないの？」

「そう、家に籠っていてもらうわ。……蔵木君の家にね」

ん？

俺と凪咲は目を見合わせて、同時に首を傾げる。

「ど、どういうことですか、玲さん？」

「ふふ……あなた達カップルの次なる使命は、楽しい巣ごもり生活の発信よ！　若者の恋愛意欲を刺激しつつ、外出を自粛して楽しいお家での過ごし方も見せつける！　緊急事態宣言中の模範的カップルとして過ごしてもらうわ！」

なるほど、そう来たか。

緊急事態宣言中は、それに相応しいカップルとして行動しろと。

だが一つ決定的な疑問が残ったままだ。

「あ、あの、話はだいたいわかったんですが、凪咲が俺の家に籠るってのはどういう……？」

「蔵木君のお父さんに話はつけてあるわ。凪咲には、夏休み中、他の家族が出張で不在という設定で、蔵木家のお世話になってもらいます」

「「え⁉」」

俺と凪咲は同時に素《す》っ頓狂《とんきょう》な声を上げた。

つい先ほどまで暗く沈んでいた凪咲の瞳に、みるみる輝きが宿っていく。

「えへへ……。やったねゆーくん！　夏休みは毎日一緒だよ！　凄《すご》く楽しみ！」

「い、いやちょっと、いきなりそれは心の準備ができていないというか……」

率直に言って凪咲と暮らせるのはもちろん嬉しいのだが。

さすがにそこまで距離が縮まってしまうのは戸惑いも強い。

だが凪咲にはそんな心配は一切なさそうだった。

少しの不安も感じさせない笑顔で、俺の腕をぎゅっと抱き締める。

うーむ……果たして大丈夫なのだろうか。

「おそらく夏休みの初日と同時に緊急事態宣言が発出されるわ。凪咲はその日に合わせて、蔵木家に行ってもらうわね」

「はーいっ！　ゆーくん家《ち》にお泊まり、楽しみだなぁ」

といった具合に、すっかり話がまとまってしまった。

いやマジかよ……。

家には親父《おやじ》がいるとはいえ、同じ屋根の下で凪咲と暮らすことになるとは。

「凪咲、これはあくまで仕事よ。毎日工夫して楽しい巣ごもりの過ごし方をＳＮＳで発信するのよ。今のうちにしっかり考えておいてね」

玲さんは浮かれた様子の凪咲を見て、釘を刺すような調子で言う。

「はーいっ。ゆーくん、夏休みまでに一緒に考えようね♡」

こうなったら、もうゴチャゴチャ考えても仕方がない。

凪咲とたっぷり過ごせる夏休みを、思う存分楽しんでしまおう。

◇◇◇◇◇

その晩。

自室でのんびり過ごしていると、不意にスマホが鳴り響いた。

着信相手は、『真鍋亜紀』と表示されている。

「どうした亜紀、こんな時間に」

『ちょっと、佐柳さんから聞いたわよ。夏休み、夕市の家で過ごすって。本当なの⁉』

いつも落ち着いている亜紀らしくない、驚きに満ちた声。

いやまあそりゃ驚きもするか。

「何だかそんなことになったらしいんだが……。凪咲から聞いたのか？」

『ええ。亜紀ちゃんには先に言っておかないとフェアじゃないから、だって』

「フェア？　どういうことだ？」

『そ、そんなことよりさすがにどうなのよ⁉　若い男女が一つ屋根の下で暮らすなんて、ふ、ふふふしだらじゃないの？』

「夕方には親父も帰ってくるし、凪咲は別の部屋で寝てもらうからな。ま、まあ、そういう心配は無いだろ、たぶん」

『ふーん……どうだか』

亜紀はじっとりと湿ったような声を俺に向ける。

「それに俺と凪咲には、楽しい巣ごもりの過ごし方を発信する仕事もあるんだ。結構大変そうだから、浮かれてばかりもいられないぜ」

『それも佐柳さんから聞いたわ。……ま、そっち方面で助けが必要なら呼びなさい。どうせ近所だし、すぐに行けるから』

「ああ、俺達の事情を知ってるのは亜紀だけだからな。何かあった時は頼む」

『……くれぐれも、学生として弁《わきま》えた行動を心掛けるのよ。それじゃお休み、夕市』

「わ、わかってるよ。お休み、亜紀」

テスト勉強の時やらクラスで男子に絡《から》まれた時やら、亜紀にはよく助けてもらっている。

今回も何かトラブルがあれば、真っ先に頼ることになりそうだ。

とにかく、夏休みまであと数日。

これまでに無い波乱の夏を予感しながら、俺は寝床に入り目を閉じた。

Please KEEP Your DISTANCE

第一章

巣ごもりカップルの過ごし方

CAPTER 01

kanojyo no Social distance ga chikasugiru

一学期の残りもあっという間に過ぎ去り、迎《むか》えた夏休み初日。

いよいよ凪咲《なぎさ》が我《わ》が家に来る日だ。

俺《おれ》は朝食のトーストを齧《かじ》りながら、ぼんやりとテレビを見る。

『昨日発出されました緊急事態宣言に関して、総理大臣は各都道府県知事に……』

どの番組をつけても、内容は緊急事態宣言の話題で持ち切りだ。

不要不急の外出は避《さ》け自宅で過ごすようにと、キャスターが繰り返し呼び掛けている。

「いよいよ今日から凪咲ちゃんが来るなあ、夕市《ゆういち》」

親父《おやじ》は呑気《のんき》にコーヒーを啜《すす》りながら、上機嫌そうに言う。

「……本当にいいのかよ、父さん。男所帯で女の子を預かるなんて、大変そうだけど」

「なあに、将来家族になるかもしれないし予行演習みたいなもんだ。それに凪咲ちゃんを家で一人きりにするわけにはいかないだろ」

そういやそういう設定だった。

もうすぐ凪咲との暮らしが始まるかと思うと、そわそわと心が浮足立《うきあしだ》ってしまう。

俺はその気持ちを必死に抑えながら、トーストをコーヒーで流し込んでいく。

「ああ、そう言えば今日から仕事で行く出向先のことなんだけどな」

食事を終えて皿を洗っていた親父が不意に声を上げた。

「出向先がどうかしたのか?」

「なんとご近所の真鍋《まなべ》さんちのご両親の職場なんだよ。駅前にある損害保険会社のでっかいビルあるだろ、あそこに行くんだ」

「へぇ、世間は狭いな。父さんは何しに行くの?」

「仕事で使うシステムを新しく開発するらしくて、うちの会社が外部委託を受けたんだ」

親父はいわゆるシステム会社の社員だ。

様々な会社から委託を受けて、技術者として派遣されるのが仕事らしい。

「……ちょっと新型感染症が心配だな。あれだけでかいビルで働くと、人の出入りも多いだろうし」

「リモートで仕事ができればいいんだがな。どのみちある程度仕事が軌道に乗るまでは難しいだろう」

大人は大変である。

いくら緊急事態宣言で自粛を要請しても、仕事で外出せざるを得《え》ない。

俺はタオルを手に取り、親父が洗い終えた皿を拭《ふ》きながらその苦労を偲《しの》んだ。

ピンポーン

呼び鈴の音が響くと、俺の心臓はどくんと跳ね上がった。

とうとうその時が来てしまったのだ。

「おっ、来たかな？　迎えに行くぞ、夕市」

「あ、ああ」

親父と共に玄関口へと向かい、そしてドアを開くと。

「おはようございます！　これからしばらくお世話になります！」

夏物の半袖《はんそで》ブラウスとショートパンツに身を包んだ凪咲が、ぺこりと頭を下げる。

手には大きめのキャリーバッグ。

「おおいらっしゃい凪咲ちゃん。自分の家だと思って、遠慮《えんりょ》はいらないからね」

親父も思いっきりにこやかな笑顔で出迎える。

俺は凪咲の手からキャリーバッグを受け取りながら言う。

「よ、よう凪咲。待ってたぞ」

「えへへ、ありがとゆーくん。ちょっと緊張しちゃうね」

はにかんだ笑顔がもう可愛すぎてやばい。

今からこの超絶美少女と暮らすことになるのか。

俺は緊張を必死に抑えながら、凪咲を家の中へと案内する。

「二階に凪咲用の部屋を用意したから、荷物はそこに運ぶぞ」

「うん！　重いから気をつけて！」

おそらく荷物の中には生活用品がぎっしり詰まっているのだろう。

何しろ緊急事態宣言が何日続くかもわからない。

長期滞在《たいざい》することを考えると、荷物が多くなるのは仕方ない。

「それじゃあ夕市、俺は仕事に行くから！　凪咲ちゃんのことは頼んだぞ！」

「わ、わかってるよ！　行ってらっしゃい！」

いきなり二人きりになってしまうのか。

「行ってらっしゃーい、お父さん！」

「はっはっは、そう呼ばれるのは照れくさいな。行ってきます！」

嬉《うれ》しそうに笑いながら、親父は出ていった。

俺と凪咲は二人きりになると、互いに少し照れたように見つめ合う。

「わ、悪いな。いい年してるくせにあんなにはしゃいで」

「ううん、ゆーくんのお父さん優しくて大好きだよ」

「……それはそれでちょっと嫉妬《しっと》するな」

そんなことを話しつつ、俺はキャリーバッグを二階へと運んでいく。

我が家の二階はそれほど広くはなく、小さめの部屋と物置スペースがあるだけ。

凪咲には、その小部屋を用意した。

「わーっ！　私がこの部屋使っていいの⁉」

キラキラと瞳《ひとみ》を輝かせて喜ぶ凪咲。

「いや、狭い部屋で悪いな。空き部屋はここしかなくて」

「ううん、凄《すご》く素敵な部屋。綺麗《きれい》だし、何だか落ち着くし」

「まあ、掃除しておいたからな。しばらく使ってない部屋だったし」

「そうなの？　前は使ってたの？」

「……母さんがイラストレーターやってて、その仕事部屋だったんだ。死んじまってからは、物置みたいな使い方してたな」

俺の言葉に、凪咲は少し申し訳なさそうに眉《まゆ》をひそめる。

「ゆーくんのお母さんって……。ご、ごめんね、思い出させちゃって」

「いや、別に平気だ。子供の頃《ころ》は、よくこの部屋で母さんの仕事を邪魔してたな……」

俺が思い出に浸っていると、凪咲は不意に部屋の真ん中で両手を合わせた。

そして深々と頭を下げて、口を開いた。

「ゆーくんのお母さま！　このお部屋、有難《ありがた》く使わせていただきます！」

「そんな大げさな。ただの空き部屋だし、遠慮せず使ってくれ」

「うん！　それじゃあちょっと荷物の整理するね！」

キャリーバッグを開けてごそごそと荷物を広げていく凪咲。

「俺も手伝うか？」

「あー……。一人でやっちゃうからゆーくんは下でゆっくりしてていいよ」

「いやでも、荷物も多くて大変だろ？」

俺が言うと、凪咲は頰《ほお》を赤らめて困り顔を浮かべた。

そして気まずそうな口調で答える。

「そ、その……。あんまり見られたくないものもあるから。……下着とか」

「な、ななななるほど！　じゃあ俺は下に行ってるな！」

俺は慌《あわ》てて部屋から出て、階段を駆《か》け下りていく。

……本当に俺は気が利《き》かないというか、デリカシーが無いというか。

恥ずかしく思いつつ、一階の居間へと早足で向かった。

◇◇◇◇◇

「お待たせーっ！　……さ、どうしよっか？」

しばらく待つと、凪咲が早足に一階へと下りてきた。

「基本的には、日中はＳＮＳで発信するための巣ごもり活動だな。玲《れい》さんからは毎日発信するよう言われてるんだろ？」

「うん、更新はガンガンしろ、ってさ」

「それじゃあマンネリ感が出ないよう、毎日変化を持たせて過ごさないとな。いろいろと準備はしてあるけど、順番も工夫して……」

と、俺が考え込んでいると不意に凪咲がぐっと顔を近付けた。

突如眼前に可愛《かわい》らしい凪咲が来て、俺は胸《むね》を高鳴らせてしまう。

「もーっ、堅いよゆーくん」

「え？」

「もちろんお姉ちゃんからの指示をこなすのも大事だけど……」

言いながら凪咲は俺の頬を両手でつねり、うにうにと弄《いじ》り回す。

「こ、こら凪咲、何を……」

「一番の優先は、ゆーくんと楽しむことなんだから。肩の力抜いて、ゆーくんも楽しんで欲しいな」

凪咲の言葉に、俺ははっとする。

どうも肩に力が入り過ぎていたが、そもそもこの素晴らしい状況。

積極的に楽しまねば損だ。

「……そうだな、凪咲の言う通りだ」

俺はそう答えながら、凪咲の頬をつねり返す。

もちもち、ぷにぷにと柔らかなほっぺたの感触。

「ふわー、ゆーふん、やめへー」

凪咲はじたばたしながら俺の頬をさらにつねる。

そうしてしばらくの間、互いの頬を弄り合う。

女の子のほっぺたって、こんなに柔らかいものなのか……。

などと感動しているうちに、凪咲が先にギブアップした。

「うわーん、参ったよぉ。もう離してぇ」

半べそで頬を押さえる凪咲の表情がまた凄《すさ》まじく可愛い。

気が付くと俺も凪咲も、互いに笑顔を浮かべていた。

凪咲のおかげで、すっかり肩の力が抜けた。

「もー、ゆーくんの馬鹿《ばか》！」

「先に仕掛けたのは凪咲だろ。……で、今日はこれからどうする？」

「ゆーくんがしたいことでいいよ♡」

したいこと、と言われても凪咲が楽しんでくれるのが一番だ。

ただ今日は、うちに来た初日で荷物の整理を終えたばかり。

のんびりと休みつつ、イチャつけることがいいだろう。

「昼も近いし、先に昼飯を食おう。終わったら、映画鑑賞とかどうだ？」

「うん！　お昼食べながら何見るか決めようね！」

◇◇◇◇◇

昼食は夏の定番そうめんと、夏野菜の煮びたしを用意した。

「で、凪咲はどんな映画を見たい？」

「もぐもぐ……そうだなぁ、やっぱり恋愛要素があった方がSNS映《ば》えするかな。彼氏と一緒に笑い合えるような内容だと、ラブラブ感が出ていいかも」

「なるほど。じゃあそれっぽい感じのやつを配信サービスで探すか」

ちなみにこの活動で生じた費用は、後で玲さんが支払ってくれる。

俺もこの機に、前から気になっていた映画を見られて一石二鳥だ。


昼食を終えて、俺と凪咲は俺の部屋へと移動する。

部屋の電気は暗くして、二人がけのソファに並んで座る。

近くのテーブルにはコーラとポップコーンを置いて雰囲気《ふんいき》も万全。

凪咲は上映前の様子をスマホで撮り、すぐさまツブヤイターに上げていた。

「お待たせゆーくん！　えへへ、何だか本格的でいい感じだね」

俺と凪咲は肩を寄《よ》せ合い、手をきゅっと握る。

そして配信サービスから目当ての映画を選択して、上映開始。

凪咲は俺に体を預けて、密着しながら映画を見る。

大きな胸が腕《うで》に当たり、柔らかな感触が伝わり続ける。

ふわりと甘《あま》い女の子の香りが、凪咲の髪から漂《ただよ》う。

……いやちょっと、これ映画にまったく集中できないぞ。

俺も負けじと凪咲の方に手を回し、軽く抱《だ》き寄せる。

「ん……ゆーくん……」

凪咲が甘えるような声で呟《つぶや》き、嬉しそうに微笑《ほほえ》む。
部屋の暗さも手伝って、最高に甘い雰囲気が満ちる。
いきなり幸せ過ぎてやばいぞこれは……。
こんな生活が夏休み中続くと考えると、頭がどうにかなりそうだ。
「ほらゆーくん、映画もちゃんと見ないと」
凪咲に言われて、ようやくはっと我《われ》に返る。
コーラを一口飲んで落ち着き、テレビの画面へと集中した。

選んだ映画は、大ヒット漫画を原作としたラブコメものだ。
お互いに想《おも》いを寄せ合う主人公とヒロインだが、二人とも片想《かたおも》いだと思い込んでいる。
そんな二人が相手の気を引こうと、必死に策を巡《めぐ》らせる。
しかしそれが見事に空回りし、さらなる勘違いを呼び起こしてしまう。
そうして周囲を巻き込んで騒動を起こしつつも、二人の距離が近付いていく。
ドタバタとした大騒ぎに笑いつつも、恋愛の切なさも感じさせてくれる。
ざっくりとしたあらすじは、そんな感じだ。
ただ、この作品は俳優の演技も絶妙で、台詞《せりふ》回しも軽妙。
途中でほとんど退屈する場面もなく、気付けば俺も凪咲も見入っていた。

「あははっ、今の面白《おもしろ》いねゆーくん！」

「ははっ、凄い演技だな……」

途中、俺と凪咲は同じ場面で笑い合い、顔を見合わせた。

主人公とヒロインの恋愛が佳境を迎えた場面では、ぎゅっと手を強く握り合う。

そして最後、主人公渾身《こんしん》の告白がギャグ展開で空振りになって、大笑いする。

気付けば俺と凪咲は二人で、心から映画を一緒に楽しんでいた。

映画館でデートした時とは、全然違う。

完全に二人きりで、部屋の中で楽しむ映画デート。

何よりも、二人で同じ感情を共有できた感覚が楽しさを何倍にもしていた。


「んーっ、終わっちゃった！　面白かったね、ゆーくん」

凪咲は俺の腕をぎゅっと抱き締《し》め、体を密着させてくる。

「そうだな、正直ここまで楽しめるとは思わなかった」

「ふふ……。今のを見て、私何だか恋がしたくなっちゃったな♡」

甘えた口調に上目遣《うわめづか》いで、俺にくっつく凪咲。

本っ当に可愛いな、俺の彼女。

「……今まさに、現在進行中で恋愛中だろ」

「えへへ、そうだよね！　幸せだな～」

俺の膝《ひざ》上でごろごろと寝転び、上機嫌な凪咲。

そうやって転がられると、胸が俺の脚にぐいぐい押し付けられてしまう。

はぁ……幸せだなぁ。


二人で映画の余韻《よいん》に浸り、まったりイチャついているうちに夕方が近付いてくる。

「さてと、そろそろ晩飯の支度《したく》でもするか」

「私も何か手伝ったりする？」

「いや、今日はうちに来たばっかりで疲れただろ。先に風呂《ふろ》に入っていいぞ」

「んー……それじゃ、お言葉に甘えよっかな。ありがと、ゆーくん」

俺と凪咲は部屋を出て、風呂場に向かう。

「給湯システムは簡単だ。ここを押せば十分くらいで風呂が沸く。シャワーはこっちで、あとタオルはそこの棚に入ってるから自由に……」

と、凪咲に我が家の風呂場の使い方を説明する。

「それじゃあ、お風呂が沸いたら先に入っちゃうね」

「おう。この後ＳＮＳの更新もあるだろうし、飯の用意は俺に任せてくれ」

「さっすがゆーくん、頼りになる～」

凪咲はおどけた調子で言うと、俺に軽く抱きつく。

普段もこのくらいのスキンシップはするが、二人きりの家で、しかも脱衣所。

何だか妙に興奮してしまうシチュエーションだ。

「そ、それじゃあ俺は台所にいるから、何か困ったら声を掛けてくれ」

俺は邪念を必死に振り払いつつ、脱衣所を後にする。

「というか……これから凪咲がうちの風呂に入るのか」

あれこれと頭の中で情景が浮かび上がってきてしまう。

全然邪念は振り払われていなかった。

◇◇◇◇◇

夕食のメニューは、メインに大きな鶏もも肉の照り焼き。

大根サラダに青菜のお浸し、それにシジミの味噌汁《みそしる》とご飯。

サラダとお浸しは先に作って冷蔵庫で待機。

あとは親父が帰ってくる時間に合わせて鶏肉を焼くだけである。

脱衣所からはドライヤーの音が聞こえており、凪咲も風呂を終えたようだ。

「そろそろかな……」

フライパンに火をつけて、調理の準備を開始したその時。

「ふ～、気持ち良かったぁ」

風呂上がりの凪咲が台所に姿を見せた。

髪はすっかり下ろして普段より長く、ふんわりとシャンプーの香りが漂う。

湯船の熱気のためかほんのり赤みを帯びた凪咲の顔が、妙に色っぽい。

薄い桃色のパジャマは夏物で生地が薄く、下半身も露出の大きいショートパンツ型だ。

俺は一瞬、料理中なのも忘れてその艶《つや》めかしい姿に見入ってしまう。

「わー、おっきいお肉！　それを焼くの？」

凪咲に尋《たず》ねられて、ようやく我に返る。

「あ、ああ。照り焼きにするんだ」

平静を装いつつ、鶏肉を皮目からフライパンへ投入。

そうして調理を開始した俺に、凪咲は顔をぐっと近付けて覗《のぞ》き込む。

「な、なんだ？」

「ふふ……ゆーくん今、お風呂上がりの私に釘付けじゃなかった？」

図星を突かれて俺は一瞬言葉に詰まる。

「い、いやその……はい。その通りです」

「えへへー、やったぁ。そんなに私、可愛かった？」

「可愛いというか、何と言うかこう……ちょっと色っぽかった」

俺のその言葉が予想外だったのか、凪咲はかぁっと頬をさらに赤らめた。

「え、そ、そうなの？」

「まあその、髪を下ろしてるところとか、シャンプーの香りとか。普段と違ってつい見とれちまった。すまん」

「そ、そうなんだ。ゆーくんから見て、私が色っぽかったんだ。ふーん、へー……」

恥ずかしそうにもじもじとする凪咲。

こういう仕草《しぐさ》もまた凄まじく可愛らしい。

「……ってゆーくん、お肉大丈夫⁉」

「し、しまった！　ちょっと皮が焦《こ》げたかな」

まあこれは焦げた部分を取り除いて俺の分にすればいいだろう。

「うー……ごめんね、私邪魔だった？」

「いや、問題ない。そろそろできるから、皿を用意してくれるか？」

「はーいっ！」

凪咲は戸棚の方へ向かい、夕食用の皿を次々に取り出してくれる。

その間に俺は鶏肉を次々に焼き、着々と夕食の準備を進めていく。

「ねえゆーくん、お肉をのせるお皿はこれでいい？」

凪咲に声を掛けられて、そちらを向く。

「結構でかい肉だから、大きめの皿で……っ！」

そこにあった光景に俺は思わず言葉を詰まらせてしまった。

前屈《まえかが》みでテーブルに皿を並べる凪咲の、シャツの胸元《むなもと》がたわんで広がっていた。

必然的にその隙間《すきま》からは、大きくて柔らかそうな胸がぷるんと見え隠れしている。

普段イチャつく時、体にはよく当たっているが。

ここまで露出した光景を見るのは初めてだった。

「えーと、大きめの方っていうとこっちかな？」

凪咲はそんな俺の視線に気づかず、せっせと配膳を進めていた。

その動きに合わせて、胸はゆさゆさと揺れ動く。

圧倒的迫力。

これに釘付けにならない男はこの世に存在しないだろう。

「ゆーくん、フライパンぱちぱち言ってるけど大丈夫？」

「はっ⁉　ま、またやっちまった！」

もう一枚、鶏肉を少しばかり焦がしてしまった。

……うん、これは親父の分にしよう。


唯一無事に焼き上がったものを凪咲の皿にのせて、夕食の準備が完了した。

「ただいまー、今帰ったぞ」

親父も絶妙なタイミングで帰ってきた。

こうして俺と凪咲、それに親父の三人で揃《そろ》って初めての夕食となった。

◇◇◇◇◇

賑《にぎ》やかな夕食を終えた俺は、風呂に浸かりようやく一息ついていた。

「はぁ……何だか妙に疲れたな」

凪咲との生活が始まって、まだ半日。

正直当初の予想以上に、刺激的な時間が流れていった。

「というか、この風呂も冷静に考えたら凪咲の残り湯か……」

またもや妙な考えが頭をよぎり掛けて、俺は慌てて顔を洗う。

残り湯で興奮するのはさすがに変態が過ぎるだろ。

落ち着け、俺。

しかしまあこんな調子で、あと十日か二十日か。

はたまた夏休み中ずっとか。

緊急事態宣言が終わるまで、この生活が続く。

凪咲の一挙一動に見とれたり興奮したりしていては、精神的疲労が凄そうだ。

この幸せにうまく慣《な》れていかないといけない。

「つっても、慣れそうにないけどなぁ……」

一人ぼやきながらシャワーを頭からかぶり、全身を洗う。

目を瞑《つぶ》っているとついつい凪咲の姿を思い浮かべてしまうのであった。


風呂から上がると、居間には親父の姿だけがあった。

「風呂空いたよ。凪咲は?」

「何か忙しいみたいで、二階の部屋にいるぞ」

風呂へと向かう親父を尻目《しりめ》に、凪咲の様子を見に行く。

二階に上がりドア越しに声を掛ける。

「凪咲、何やってるんだ?」

「今日の巣ごもりデートのことをSNSにアップしてるんだ。リンスタ、時間かかっちゃって」

一見能天気に見える凪咲だが、実際SNSの編集能力は凄いのだ。

楽しそうで人目を引く文章に、絶妙な写真のチョイス。

どのSNSも結構な数のフォロワーがいて、ちょっとしたカリスマギャル扱いされている。

「そうか、頑張れよ。俺も自分の部屋で夏休みの宿題でもするか」

「う……嫌なこと思い出させないでよぉ」

放っておいたら凪咲は夏休みの宿題を疎《おろそ》かにしそうだ。

実際宿題の未提出は成績に響くし、最悪落第しかねない。

かなりの量が出ているので心配だ。

「宿題が終わらなさそうだったら早めに相談しろよ」

「うん、わかった!　ありがとね、ゆーくん」

本当に大丈夫だろうか……。

と、心配に思いつつ俺は自室へと向かった。

◇◇◇◇◇

「ふー……今日はこんなもんでいいかな」

結構な量のページを終えて、俺は宿題の問題集を閉じる。

こういうのは早めに片付けて後顧《こうこ》の憂《うれ》いを絶つのが俺の流儀だ。

「しかし、今本当にこの家に凪咲がいるんだよな……」

改めて思うと、凄い状況だ。

一日中ずっと一緒にいるわけだし、夜も同じ屋根の下で過ごす。

これまでも凪咲とかなりイチャついてきたが、基本的には他人の目がある場所でだ。

だがこの夏休み中、親父が仕事で不在の時は二人きりになる。

しかもかなり長い時間。

……当然一人の健全な男子として、あれこれと期待してしまうのである。

「す、少しくらいは進展とかするのかな？」

凪咲とは、キスまではした。

だがそこから先はまだ未知の領域だ。

イチャついて体はかなり密着するが、この手で凪咲の体に触れるのは肩や腰がやっと。

この夏休み中に、もっと凪咲のいろいろな所に触れたり、あるいは……。

「いわゆるゴム的な物とか用意しておくべきなのか……？　っていやいや、さすがにそれはまだ早いだろ！　い、いやでも万が一のことを考えると……」

俺は頭を抱えて思い悩む。

凪咲はいったいその辺《あた》り、どういう風に思っているのだろうか。

と、悶々《もんもん》とした想いを巡らせていたその瞬間。

「ゆーくん、入って大丈夫？」

ドアの向こうから凪咲の声が聞こえて、俺は驚いて椅子《いす》から跳び上がってしまう。

「あ、ああ、凪咲か。大丈夫だ」

ある意味大丈夫ではなかったが、俺は平静を装いつつ答える。

そんな俺の内心も知らず、凪咲はドアを開けてひょっこり顔を覗かせた。

「ん〜っ、疲れたぁ」

「お疲れ。ＳＮＳへのアップ、終わったのか？」

「うん。今回が巣ごもりシリーズの初日だから、書く内容も凄く考えちゃって。お姉ちゃんからはフォロワー数のノルマも出てるし、頑張らなくちゃ」

「ノルマ？　どのくらいだ？」

「夏休み中にＳＮＳ全部合わせて十万は増やせ、って言われてるの。だから可愛い写真をいっぱい載せて、ガンガン更新しなきゃ」

「十万か……そりゃ大変な数字だな」

とはいえ、凪咲は容姿が抜群にいいし楽しい文章を書くのもうまい。

夏休み中頻繁に更新すれば、決して難しい数字ではないだろう。

俺がそう思っていると、凪咲は二人掛けソファにどっかりと座り込む。

「ね、ゆーくんもこっちでまったりしよ」

パジャマを盛り上げる凪咲の大きな胸、ショートパンツから覗く柔らかそうな太もも。

先程まで悶々と考えていたせいで、ついつい意識してしまう。

「そうだな。……その前に紅茶でも淹《い》れてくるよ」

少し時間を置いて、心を落ち着けねばいろいろと危険だ。

俺は勉強机から立ち上がり、足早に台所へ向かう。

「あっ、私のはミルクティーがいいな！」

「わ、わかった」


紅茶と言っても、安物のティーバッグ入りのやつである。

二人分を手早く淹れて、片方にはミルクを足す。

何とか浮ついていた心も多少は落ち着き、俺はマグカップを手に部屋へと戻る。

「ほら、熱いからゆっくり飲むんだぞ」

「わ〜い、ゆーくんありがとっ」

俺もソファに腰掛け、二人で肩を寄せ合って紅茶を飲む。

うむ……こうして夜の時間をまったり過ごすのも幸せだ。

「えへへ、こうしてるとすっかり本当の家族みたいだね」

「うちにいる間は、本当の家族みたいなもんだ」

「うん……嬉しいな」

紅茶の温かさに、体を寄せ合う凪咲の温かさ。

いつも学校でべたべたとイチャつくのとは違う、まったりと落ち着いた時間。

ずっとこうしていたいほどの幸福感でいっぱいである。

「ゆーくん、明日はどうしよっか？」

「明日、か。そうだなあ……」

俺はベッドに放ってあったノートを手に取って開く。

それは俺と凪咲が事前に用意した、巣ごもりデートの計画書だ。

巣ごもりでやってSNS映えしそうなことを、とにかく書き溜《た》めてある。

「今日は映画を見てまったり過ごしたからな。もうちょっとアクティブな感じのものにした方がいいかな？」

「そうだね、自分達で身体を動かす感じの内容がいいな」

「それじゃあ宿題でも一緒にやるか？」

途端に凪咲は表情をしかめる。

「うぅ……そ、それは、あんまりＳＮＳ映えしなさそうだから却下するもん」

「わかったわかった。……そろそろ夜も遅くなってきたな。明日までに考えておくから、今日はもう寝よう」

俺がそう言うと、凪咲は時計を一瞥《いちべつ》してから俺の腕をぎゅっと抱いた。

「な、凪咲？」

「あと五分」

「お、おいおい」

先程まで悶々としたことを考えていたため、普段以上にいろいろと意識してしまう。

腕に当たる柔らかな胸の感触や、直に触れる凪咲の素肌。

俺のそんな思考をよそに、凪咲は容赦《ようしゃ》なく密着してくる。

「寝る前にあとちょっと、ゆーくん成分を補充するの」

「今日はかなり十分摂取しただろ、それ」

呆《あき》れ顔で言う俺に、凪咲はぷくっと頬を膨らませる。

「まだ足りないんだもん。……何なら、私もこの部屋で寝ちゃおっかな」

悪戯《いたずら》っぽく言う凪咲。

今の俺にその冗談は割と洒落《しゃれ》にならない。

「ば、馬鹿、何言ってるんだ！　俺達にはそんなのまだ早いし、父さんだっているし……」

「あははは、顔赤くしちゃって可愛い、ゆーくん。冗談だよ」

「はぁ……。ほら、もう俺の成分も摂取できたろ。早く寝ないと明日に響くぞ」

俺が溜息《ためいき》交じりにそう言った瞬間。

凪咲が俺の頬にちゅっとキスをした。

「うん、もう寝るね。お休みなさい、ゆーくん」

「……あ、ああ。お休み、凪咲」

不意打ちをくらい固まる俺をよそに、凪咲は部屋から出ていった。

いやもう……一日中ずっと幸せの波が押し寄せ続けていたけれど。

最後の最後に、一番勢いの強い波に飲み込まれてしまった。

幸せに包まれながら、俺はベッドに潜《もぐ》り込んだ。

◇◇◇◇◇

同じ頃。
真鍋亜紀《あき》は自室でスマホを見ながら、深い溜息を吐《つ》いていた。
その画面に表示されていたのは、佐柳凪咲《さなぎ》のリンスタ。
家族の出張により、今日から彼氏の家庭に厄介《やっかい》になるという内容だ。
（本当に佐柳さん、夕市の家に泊まりこんでるのね……）
事前に凪咲から話は聞いていた。
凪咲には、自分も夕市が好きであることを伝えてライバル宣言をしている。
それを受け入れたうえで、凪咲は亜紀と友人関係となった。
「はぁ……。やっぱり私の付け入る隙なんて無いのかしら」
最初は政府のプロジェクトのため、付き合っているフリをしていた二人。
しかし次第に互いの想いは重なっていった。
そして一度別れの危機を経て、本当の恋人同士になってしまったのだ。
それでも亜紀は、夕市のことを諦《あきら》めてはいなかった。
「それにしても、これは堪《こた》えるわね……」
インスタブックの文面や写真から、二人のイチャつきっぷりが伝わってくる。

正直、心の底から凪咲のことが羨《うらや》ましかった。

自分も夕市と二人きりで、同じ屋根の下で過ごしたい。

体をくっつけ合って、手を繋《つな》いで、同じ映画を見て笑い合いたい。

そう思いながら、長い黒髪をくしゃくしゃとかき乱す。

「ふぅ、落ち着くのよ亜紀。今は耐えるしかないわ。二人が喧嘩《けんか》するなり、トラブルが起きるなりして私のチャンスが来るのを待つ。この恋は持久戦って、覚悟したじゃない」

ぱちん、と自身の両頬を叩《たた》いて、気合いを入れ直す亜紀。

そしてまたスマホの画面を見て、深く溜息を吐く。

真鍋亜紀、十七歳の夏は苦しい恋心に焦がれながら静かに過ぎていった。

◇◇◇◇◇

凪咲が来てから二日目の朝。

朝食のハムエッグを焼いていると、ぼけっとした様子の凪咲が下りてきた。

「ふぁ……おはよ、ゆーくん。お父さんも、おはようございます」

「おはよう、凪咲。随分眠《ずいぶん》そうだな」

「うん。私朝に弱くて、スイッチが入るまで時間かかっちゃうんだ」

「すぐ朝飯ができるから、顔でも洗ってこいよ」

「ん……そうするね。ふわぁぁ」

洗面所へと向かう凪咲。

しかしまあ、寝起きの眠そうな顔すらも可愛い。

この家に凪咲が来てから、次々に新しい魅力が開拓されていく。


朝食が出来上がると、親父は素早く平らげてスーツに着替えてしまう。

「父さん、随分早いね」

「新しいシステムを作るのは、大変な作業だからな。早く行って準備が必要なんだ。それじゃあ行ってきます、凪咲ちゃん」

何で凪咲にだけ言うんだ。

「はいっ、お仕事頑張ってください！」

凪咲は満面の笑みでぶんぶん手を振って、親父を見送った。

……まあ確かに、仏頂面の俺よりも凪咲に言いたくなるのもわかる。

親父を見送ってから、俺と凪咲はゆっくりと朝食を取る。

どうやら食べているうちに、凪咲はいつもの調子にすっかり戻っていた。

「それでゆーくん、今日はどうしよっか？」

「昨日計画ノートを見てて思ったんだが、お菓子《かし》作りとかどうかな。うまく出来上がればばかなりSNS映えもしそうだろ」

「さっすがゆーくん、私もいいと思う！　……で、でもちょっと問題が」

凪咲はトーストを齧ると、困り顔を浮かべた。

「何だよ、問題って」

「私、お菓子作り未経験だし、そもそも料理下手だから大丈夫かなぁ、って」

確かに凪咲の料理下手はかなりのものだ。

「……まあ、失敗したらしたで案外SNSでもウケるかもしれないぞ」

「もー、失敗前提なのはいくら何でも酷《ひど》いよぉ」

「いや、冗談冗談。お菓子作りは分量や手順をレシピ通りにすれば大丈夫だろ。俺もあんまり経験は無いけど、とりあえずやってみようぜ」

「うん！」

俺の経験と言えば、母さんが生きてた時に手伝った記憶だけだ。

でも今はネットにレシピが溢《あふ》れている。

これを見越して菓子の材料もある程度事前に用意してある。

何とかなるだろう、という甘い見立てのもと俺と凪咲は菓子作りに取り掛かった。


最初の作業は、何を作るか決めるところから。

二人で並んで座り、家にある材料と相談しながらレシピサイトをスマホで探す。

「見て見てゆーくん！　このチーズタルト凄く美味《おい》しそう！　あっ、でもアイスクリームも夏っぽくていいね！　こっちのプリンも捨てがたいし、ケーキも食べたい……」

凪咲は表示されたレシピを片っ端から食べたがり、埒《らち》が明かない状態だ。

「落ち着け、凪咲。経験が浅くても作りやすくて、SNS映えしそうなのを探すんだ。難しそうなのはやめておこう」

「そ、そうだね。どうしよ、ゆーくん」

「そうだなぁ……」

選択肢が多すぎて、正直選ぶのも大変だ。

俺と凪咲はしばらく悩み、そして出した結論は。

「凪咲の一番食べたいものにしよう」

結局そこに落ち着いた。

「じゃあ、私ベイクドチーズケーキがいいな。結構簡単そうなレシピもあるし」

「よし、決まりだな。確か冷蔵庫にクリームチーズもあったし、材料も大丈夫そうだ」

「うん！　じゃあちょっと準備してくるから待っててね！」

凪咲は二階へと小走りで向かい、エプロンを手に戻ってくる。

なるほど、確かにその方がSNSの絵面的にも良さそうだ。

「えへへ、どうかな？　似合う？」

言いながらエプロンを身に着ける凪咲。

……エプロン姿の女の子って、いいよな。

「ああ、最高に可愛いぞ」

「本当⁉　わざわざ持ってきて良かったぁ」

ましてそれが、凄まじく可愛い自分の彼女なのだからまた格別だ。

いつまでもこうして眺めていたいが、そうもいかない。

「よーし、巣ごもりデート第二弾、お菓子作り開始といくか！」

◇◇◇◇◇

レシピサイトからシンプルなものを選び、まずは材料の準備からスタート。

小麦粉や砂糖に卵、バターや生クリームも全《すべ》て家にあった。

「お菓子作りでは分量を守るのが大事、ってよく母さんが言ってたな」

「私もそれ聞いたことある気がする！」

計量器を用意して、材料を順番に計っていく。

凪咲と二人並んで手分けしての作業は、ちょっと夫婦感が出ていい感じである。

「ゆーくんストップ！　ええと……まあだいたい二十グラムだからオッケーかな？」

「わかった。次は砂糖だな。百グラム、って結構な量だな」

「そんなに⁉　ちょ、ちょっとカロリーが気になるから、少し甘さ控えめにしよっか」

「うーん……。分量は守った方がいい気もするけど」

「ま、まあ気持ち少なめって感じで。はいストップ！　このくらいにしておこ」

といった具合に、どうも不安な空気の中、計量を進めていった。

材料を全て計量し終えると、いよいよ調理の工程だ。

「材料をボウルで混ぜる係と、ビスケットを砕く係に分かれるか。砕く作業は力仕事だし、こっちは俺がやろう」

「わかった！　私は材料を混ぜるね！」

俺はビスケットをポリ袋に入れて、すりこぎでガンガンと叩く。

一方の凪咲は、クリームチーズや砂糖、卵などをボウルへと放り込んでいく。

時折凪咲のスマホで、互いの作業風景をSNS用に撮影しつつ。

その撮影中、凪咲の手順がどうにも雑に見えてしまう。

「お、おい凪咲、混ぜる順番はちゃんとレシピ通りにしてるか？」

「え？　あー……まあどうせ最後には混ぜるんだから、大丈夫でしょ」

もう嫌な予感しかしない。

まあ多少まずくても、見栄えさえ良ければSNSに載せる分には問題ないだろう。

などと思いつつ砕くうちに、ビスケットも細かくなってきた。

凪咲の方を見ると、疲れのためか攪拌《かくはん》のスピードがだいぶ落ちていた。

「ぜぇ、ぜぇ……。け、結構お菓子作りって大変なんだね」

「こっちの作業も思ったより重労働だったな。……ちょっと休憩するか」

いったん台所を離れて、居間のソファで凪咲と並んで座る。

「腕が疲れたよ〜、ゆーくん」

凪咲はぐったりと俺の体に体重を預ける。

俺はそれを受け止めつつ、自分も腕の筋肉が攣《つ》りそうになっていた。

「普段使わない筋肉を酷使《こくし》したからな……。ちょっとお菓子作りを甘く見てたな」

「で、でも美味しくできたら、きっとその疲れも吹き飛んじゃうよ」

「そうだといいな。もうすぐ昼飯時だけど、どうする？」

「うーん。ケーキもこの後作るし、それをお昼ご飯にしちゃお」

「わかった。じゃあ休憩もここらで切り上げて、続きをやるか」

「うん！」


台所に戻り、仕上げの作業に入る。

ケーキの型に砕いたビスケットを敷き詰め、溶かしバターを混ぜて固める。

その上に凪咲がかき混ぜた生地をゆっくりと流し込んでいく。

……何となく所々にダマがあるような気が。

「これをオーブンでレシピ通りに焼けば完成だな」

「えへへ、うまく行くといいね！」

オーブンの中へと消えていくケーキを笑顔で見送る凪咲。

頼むから何とか奇跡的にうまく焼き上がってくれ……。

と、祈りを捧げつつ俺はオーブンを閉じた。


焼き上がるのを待つ間、俺と凪咲は居間でテレビを見ながらまったりとイチャつく。

テレビで流れるのはやはり、緊急事態宣言関連の報道が多い。

凪咲は俺の肩に頬を寄せつつ呟く。

「しばらくは緊急事態宣言が続きそうだね。あーあ、ゆーくんとデートに行きたいなぁ」

「まあ、宣言の効果で感染者数が減ればそのうち終わるだろ」

「そうだといいなぁ。あと、お姉ちゃんもちょっと心配だな」

「玲さん、やっぱ忙しいのか？」

俺の問いに、凪咲はこくりと首肯《しゅこう》してから答える。

「私以外にも、いろんなツテで巣ごもりデートを宣伝するカップルを作ったらしくて。そうやって世間で巣ごもりが当たり前、っていう風潮を定着させようとしてるみたい」

「そうやって世論の操作をするのか……大変そうだな」

「うん。そういうカップル達の管理をしながら、他にも仕事がいっぱいあるみたい」

「確かに忙しいんだろうなぁ……」

ニュースでは、保健所や医療現場が大混乱だと伝えていた。

加えて観光地や飲食店では客数が激減。

そういう忙しい大人達のことを考えると、俺達は気楽なもんだ。

「お腹《なか》すいたねー、ゆーくん。早く焼き上がらないかなぁ」

「もうそろそろのはずだけど……おっ」

ピー、ピー、とオーブンから電子音が響き渡る。

「できたーっ！　早く食べよっ！」

期待よりも不安が勝る中で、俺と凪咲は台所へ向かった。


「……」

オーブンから出てきたケーキを見て、俺と凪咲は言葉に詰まっていた。

まず生地の表面にはかなり焦げがあった。

さらに生地は全体的にべちゃっと潰《つぶ》れているような外見だった。

レシピサイトで見たような、ふんわりした感じはまったくない。

「な、なあ凪咲、これはさすがに……」

「み、見た目はちょっと悪いけど、味は最高かもしれないし」

凪咲はスマホで角度を変えながら、何とか映えそうなアングルを探していた。

だが焦げまみれで潰れたこのケーキは、どうあがいても映えそうになかった。

「と、とりあえず切り分けてみるか」

ナイフを入れると、ねちゃっとした感触が伝わってくる。

俺の知ってるベイクドチーズケーキはこんなねちゃねちゃしてないんだが……。

それでも何とか一切れを取り分けて、皿にのせる。

土台のビスケット生地はボロッと崩れた。

見るからに焼きムラまみれで、失敗なのは一目瞭然《りょうぜん》。

「……俺が先に食う」

「ゆ、ゆーくん、無理しないで」

意を決して、比較的まともに焼けてそうな部分を切り取って一口。

……。

……うん。

「ど、どう、ゆーくん？　いける？」

俺は生焼けのケーキ生地を無理やり飲み込んで、すぐに冷蔵庫へと駆けていく。

そして水で一気に流し込んでから、やっと口を開く。

「残念だが失敗だ、凪咲」

「そ、そんな……」

凪咲は俺が食べかけのケーキもどきを少量切り取り、ぱくりと食べる。

瞬時にその可憐《かれん》な顔が青ざめて、凪咲は苦しそうに飲み込んだ。

しばしの沈黙《ちんもく》の後、凪咲は泣きそうな声を上げる。

「うぅ……どうしよう。この失敗はさすがにＳＮＳに上げられないよぉ……」

「そうだな。ある意味ネタにはなるかもしれないが」

「それじゃあダメなの！　お姉ちゃんが頑張ってるのに、私が足を引っ張るわけにはいかないよ……」

がっくりと項垂《うなだ》れてしまう凪咲。

うーむ、初心者だけでお菓子作りはちょっとハードルが高すぎたか。

深く考えずに提案してしまった俺のせいだ。

幸いにしてまだ午後の早い時間。

材料もあるし、もう一度挑戦するだけの猶予《ゆうよ》はある。

「凪咲、一つ俺に策がある」

「策？」

「ああ。午後の時間を使って、もう一度チーズケーキを作ってみよう」

「で、でも、また失敗したらＳＮＳに上げる内容がなくなっちゃうよ……」

その通りだ。

「だから、ここは一つ熟練者の力を借りよう」

「熟練者？」

「お前もよく知ってるやつだ」

俺はスマホを取り出して、着信履歴の一番上にあった名前を選択する。

「もしもし、亜紀か？」

『ゆ、夕市⁉　こ、こここんな昼間に何の用よ。佐柳さんと一緒じゃないの？』

「いや、それが実はちょっと事情があってだな……」

俺は亜紀に、SNSに上げるため凪咲とお菓子作りに挑戦したことを説明する。

もちろん、無惨《むざん》な結果に終わり今途方に暮れていることも含めて。

話を一通り聞き終えると、亜紀は溜息を吐いた。

『話の節々から、失敗しそうな雰囲気が漂ってたわね』

「や、やっぱりそうか。成功させるコツとか、改善点を聞ければと思ったんだが」

『そうねぇ……』

亜紀はスマホ越しに、しばし考え込む。

やがて意を決したような、はっきりとした声が返ってくる。

『電話で伝えきれそうにないわ。今からそっちに行くわ』

「え⁉　で、でもいいのか、そこまでしてもらって」

『もともとあなた達の感染症対策活動には協力する、って約束してるしね。……ま、お邪魔だって言うなら遠慮しておくけど』

俺は答える前に、凪咲の表情を窺《うかが》った。

すると凪咲は、俺からスマホをひょいと取って代わりに答えた。

「亜紀ちゃんお願い、助けて！　邪魔なんて全然思わないよ！」

『……そう。じゃ、準備してすぐに行くわ。ご近所だしね』

スマホの通話が切れて、凪咲は俺に返す。

そして安堵《あんど》の表情を浮かべてその場に座り込む。

「良かった〜。亜紀ちゃんってお菓子作り上手なの？」

「ああ。子供の頃からよく作ってたな。バレンタインには毎年義理でチョコケーキを焼いてくれたんだ」

「義理……ねぇ」

凪咲はじっとりと湿ったような視線を俺に向ける。

「な、何だよ？」

「ううん。亜紀ちゃんの苦労が偲ばれただけ」

「何の苦労だよ……」

◇◇◇◇◇

「来たわよ、夕市」

ものの数分で呼び鈴が鳴り、亜紀がやって来た。

「悪いな、わざわざ来てくれて」

薄手のキャミソールにスカートを合わせた夏の装い。

見慣れた学校での制服姿との違いに、少しだけ目を奪われてしまう。

俺のそんな空気を察したのか、凪咲が後ろから俺の脇腹《わきばら》をつねる。

「痛てて！」

「亜紀ちゃん、ありがと～。本当に助かるよ」

亜紀は凪咲に微笑みを向けつつ、靴を脱いで上がる。

「貸し一つ、だからね。それじゃ、ガンガンやるわよ」


手洗いうがいをきちんと済ませると、亜紀は台所へ戻ってくる。

そして持参したエプロンを着ると、失敗作のケーキをじっと眺めた。

「……なるほど。分量が雑で攪拌も適当、ビスケット生地の砕き方も足りない。これじゃあ失敗するのも当然よ」

言いながら、長い黒髪をきゅっと後ろで結ぶ亜紀。

普段隠れているうなじが見えて、何だかちょっと色っぽい。

そう思うと同時に、凪咲が俺の肩をきつくつねった。

「痛たたたた！」

凪咲の方を見ると、ぷっくりと頰を膨らませていた。

いや、お前はエスパーか何かか。

あるいはそういうやらしい視線は、案外バレやすいのだろうか。

「二人とも、遊んでないで。今から私の指示通りに動きなさい」


亜紀の指導は、勉強の時と同じくハードなものだった。

「こらっ！　佐柳さん、計量は一グラムたりとも妥協しないの！」

「ひぃぃ……わ、わかったよぉ」

目を光らせて、凪咲の雑な作業を欠片《かけら》ほども許さない。

「夕市！　ビスケットはもっと細かく砕いて！　もっとてきぱきやりなさい！」

「ぐっ……こ、こんな感じか」

俺も凪咲もヒーコラ言いつつ、一つずつ作業をこなしていく。

亜紀に言われた通りにやってみて、自分達がいかに雑だったか痛感する。

完璧《かんぺき》に計量し、粉類は丁寧《ていねい》にふるい、材料を攪拌する順番もきっちり守る。

そうして作業していると、亜紀が不意に口を開く。

「そう言えば、後でSNSにアップするなら作業風景も撮った方がいいのかしら」

「う、うん、そうだね。でも午前中にも撮ったしそれで何とか……」

「それって、失敗した時のやつでしょ？　お菓子作りに慣れてる人が見たら変だと思われちゃうわよ」

「そうなの？　じゃ、じゃあまた撮った方がいいかな？」

「私が撮ってあげるから、スマホを貸しなさい。何なら、二人でイチャイチャしてる感じを出した方が都合がいいかしら？」

亜紀は凪咲からスマホを受け取り、撮影しようとする。

「で、でも……いいの、亜紀ちゃん？」

「若者の恋愛意欲を煽《あお》るのも仕事、なんでしょ。ほら二人とももっとくっついて」

そう言われて、凪咲は笑みを浮かべた。

「ありがと。じゃあほらゆーくん、くっついちゃお」

凪咲は後ろから俺にくっついて、肩越しに俺の作業を覗く姿勢を取る。

背中にむにむにと柔らかい胸が当たって何ともたまらない。

「じゃ、今度は協力してる感じの写真で……こんな感じかな？」

続けて、俺が攪拌するボウルを凪咲が押さえる構図。

凪咲の顔がすぐ近くに来ており、正直ボウルを混ぜにくい。

菓子の材料から漂う甘い香りに、凪咲の女の子っぽい香りが混じり合う。

さらに凪咲は俺の手を取ると、指先に軽くクリームチーズをつけた。

「ど、どうするつもりだ？」

「次は味見してるっぽい感じの写真ね。えいっ」

不意に凪咲は、俺の指先をぱくりと咥《くわ》えた。

ぷるんとした柔らかい唇《くちびる》が、人差し指をすっぽりと覆《おお》う。

その内側では、凪咲の舌が俺の指先をちろちろと舐《な》める。

指先が温かな口内粘膜に包まれて、胸がどきどきと高鳴る。

やがて俺の指に付着していたクリームチーズを舐め終えると、凪咲は唇を離す。

ちゅぽん、と音を立てた唇から一瞬だけ唾液の糸が引く。

……いやちょっと何というか、さすがにエロすぎないか。

「ちょ、ちょっと佐柳さん、一応撮ったけど今のは大胆すぎない？」

どうやら亜紀もそう思ったらしく、頬を赤らめていた。

「えー、そうかな？　ちょっと味見しただけだよ？」

「ぐぐ……と、とにかく写真はこんなものでいいわね」

「うん、ありがとう亜紀ちゃん！」

「別にいいわよ。あと、SNSに書く時は私の存在は伏《ふ》せるのよ。二人の世界に他の女が入り込むのは、プロジェクトの趣旨《しゅし》に反すると思うし」

「気を遣《つか》わせちゃってごめんね、亜紀ちゃん……」

申し訳なさそうな表情の凪咲。

亜紀はその背中をぱん、と叩いて口を開く。

「さっ、チーズケーキ作りを続けるわよ。佐柳さん、まだまだ生地の攪拌が足りないわ！　全体がもっと滑《なめ》らかになるまで混ぜ続けなさい！」

「ひぃぃ……」

◇◇◇◇◇

チーズケーキ第二弾が焼き上がったのは、午後三時を過ぎた頃だった。

「や、やっとできた～。お腹が空いて倒れそうだよぉ……」

凪咲は空腹でふらついていた。

オーブンから取り出すと、ふわりと甘く芳醇《ほうじゅん》な香りが広がる。

生地はおいしそうにしっかりと膨らみ、焼き色も綺麗な黄金色。

切り分けた断面も完璧で、一ミリの焼きムラもない。

「おお……店で買ったみたいな出来栄えだな」

予《あらかじ》め淹れておいたコーヒーを注《そそ》ぎ、三人分を皿に盛る。

それを見た亜紀が、少し困惑した様子で言う。

「私の分は別にいいわよ。完成を見届けたしもう帰ろうと思ってたのに」

「まあそう言うなよ。父さんの分を考えてもこんなに食べきれないしな」

「……食べきっちゃいそうな勢いだけどね」

亜紀は凪咲の方を一瞥しながら言う。

当の凪咲は、チーズケーキを幸せそうに頬張《ほおば》っていた。

「美味しい～！　生地がふわふわでチーズの香りが最高だよぉ……」

俺と亜紀は顔を見合わせて苦笑いを交わす。

「ほら、一緒に食べてるところも撮ってあげるから」

結局最後まで面倒を見てくれる亜紀だった。

こうして、甘いケーキとともに午後の時間は緩やかに過ぎていった。

ケーキを食べ終えると、亜紀は帰り支度をはじめる。

結んでいた後ろ髪をほどくと、長い黒髪がふわりと広がっていく。

「本当に助かったよ、亜紀。お前が来てくれなかったら、凪咲はSNSに何も書けなくて困ってたと思う」

「別に、どうせ今年の夏は遊びにも行けないしね。いい暇《ひま》つぶしになったわ。それに……」

亜紀は俺に近寄って、皿を片付けていた凪咲に聞こえないような小声で言う。

「夕市に頼られるのは、ちょっと嬉しいし」

「え……そ、それって……」

俺は言葉に詰まってしまう。

亜紀とは一度、凪咲と別れかけた時に距離を縮めたことがある。

あと少しで付き合うところまで。

まだ亜紀は、俺に対してそういう気持ちがあるのだろうか。

「ゆーくん、お皿片付け終わったよ！　亜紀ちゃんもう帰っちゃうの？」

凪咲の声が響き、亜紀は俺から離れて玄関に向かう。

「ええ、あんまり二人の邪魔をしても良くないでしょうしね」

「う……と、とにかく亜紀ちゃんのおかげで本当に助かったよ！　今日はありがとね！」

「いいのよ、一応友達なんだから。困ったことがあればまた連絡しなさい」

「うん、ありがとう！　それじゃあね！」

俺と凪咲は、玄関を出ていく亜紀を二人で見送った。

こうして巣ごもり生活二日目も無事成功に終わったのであった。

◇◇◇◇◇

「このケーキを二人で作ったのか？　こりゃ見事な出来栄えだな！」

夕食時。

余ったケーキを親父に出すと、喜んで口に運んだ。

しかし肩や腕が痛い。

普段使わない筋肉を酷使したためか、既に筋肉痛になりかけている。

「父さんは新しい職場どう？　忙しい？」

「そうだなぁ……。実はビル内の別のフロアで新型の感染者が出たらしくてな。ハラハラしながら仕事してるよ」

笑いながら言ってはいるが、割と大変な事態では。

「怖いですね～。お父さんが感染しなければいいけど……」

凪咲も心配そうに眉をひそめる。

「はっはっは、俺はいいんだが家庭に持ち込むのは最悪だな。そうならないようできるだけ注意はしたいが」

そうは言っても、感染者数は東京だけで毎日数千人だとか報道されている。

判明しているだけで、その数なのだ。

巣ごもりを推進させたがっている政府の立場もよく理解できる。

自分達が少しでもその役に立てるなら、頑張り甲斐《がい》があるように思う。

「よし、食後の皿洗いは俺がするよ。父さんは風呂にでも入ってきな」

「それじゃあ私が横でお皿拭くね！」

凪咲がにっこりと微笑みながら言う。

自分も昼間のドタバタで疲れているだろうに、俺の彼女は女神か。

「じゃ、若い二人に任せて父さんはゆっくり風呂に浸かるとするか」

ケーキを食べ終えた親父は、鼻歌交じりに風呂場へ向かった。

「ねえゆーくん。亜紀ちゃんのことどう思ってるの？」

並んで皿洗いをしていると、不意に凪咲がそんなことを言い出した。

「どうって……。まあ、頼れる幼馴染《おさななじみ》って感じだな」

「今日、ちょっと亜紀ちゃんに見惚《みほ》れてたでしょ」

ぷくっと頬を膨らませて上目遣いで俺を見る凪咲。

非常に可愛らしいんだが、ちょっと怒ってるようである。

「い、いやそれはその……。少し前までは子供の頃と同じ感覚だったんだけどさ。最近ちょっと大人っぽくなってるんだよな、亜紀のやつ」

そう、本当に最近までは小学生の頃と変わらない感じで接していた。

しかしこの頃は、亜紀から妙に色気を感じてしまう。

弾《はじ》けるような可愛らしさの凪咲とは対照的な、しっとりした雰囲気の綺麗さ。

「もーっ、彼女は私なんだから！」

凪咲はそう言うと、拭いていた皿を置いて俺の腕をぎゅっと抱く。

「わ、わかってるって。別に恋愛感情とかそういうのとは違うから」

「うぅ～、私ももっと大人っぽくなりたいよぉ……」

「いや凪咲はそのままでいいと思うけどな」

そんなやり取りをしつつ皿洗いを終えると、凪咲はパンと自身の頬を叩いた。

「弱気になっちゃダメ！　それじゃあ私、ＳＮＳに今日のことアップしてくるね！」

大急ぎで二階に上がっていく凪咲。

おそらく今日のお菓子作りは情報量も多く、編集も大変だろう。

「頑張れよ、凪咲」

その背中に声を掛けてから、俺は自分の部屋に向かった。

◇◇◇◇◇

凪咲との巣ごもり生活も三日目を迎えた。

昨日はだいぶドタバタしてしまったし、今日は穏やかに過ごしたい。

「それじゃあ二人とも、行ってくるぞー」

早い時間に出ていく親父を見送って、凪咲と二人になる。

やはり凪咲は朝が弱く、朝飯を食べながら本調子になるのを待つ。

「ふわぁ……。眠いよぉ」

「昨日はSNSの更新が日付変わった後だったからな。お疲れさん」

「毎日更新するのは大変だけど、お姉ちゃんの役に立たなくちゃ！」

凪咲はトーストにバターを塗《ぬ》って、ぱくぱくと口に運ぶ。

そして一気に牛乳で流し込むと、ようやく目が覚めてきたようだった。

「よーし、今日は何して過ごそっか、ゆーくん？」

「昨日の疲れも残ってるしな。体を動かさない、ゆっくり休める巣ごもりデートがいいんじゃないか？」

「そうだね。でも映画は初日にやったし、同じパターンを続けるのは避けたいかな」

「となると……。やっぱりゲームあたりが無難かな」

「うんっ！　ゲームやりたい！」

凪咲が食い気味に言う。

以前も一緒にやったが、凪咲はかなりのゲーム好きだ。

「ただ、対戦系のやつは熱が入り過ぎて疲れるからな。落ち着いてやれるジャンルのゲームにしよう」

「えーっ！　ゆーくんとマリ太郎カートで対戦したいよぉ」

「ダメだ。前にやった時、熱くなり過ぎたからな。もうちょっと体力に余裕がある時にな」

「うぅ……否定できない。じゃあ何やろっか？」

「俺と凪咲が楽しめて、それでいてＳＮＳでも反応が良さそうなのを探そう」

俺と凪咲はゲームのある俺の部屋へ向かい、二人掛けソファに腰掛ける。

脇《わき》のテーブルにはポテチの袋にペットボトル入りのお茶。

がっつりゲームを楽しむ態勢を整えて、ゲーム機を起動する。

「予算は玲さん持ちだからな。良さげなソフトをダウンロードして買おう」

「へ～、最近のゲームってこうやって買えるんだ」

「そうだな。で、問題は何を買うかだが……」

凪咲は俺に肩を寄せて、くっつきながら画面を眺める。

正直、こうやってイチャつきながら選んでる時間だけでも楽しい。

が、凪咲の仕事を考えるとそうもいかない。

「最近発売した話題の作品か、古くても人気の名作がいいかな。あるいはカップルでやって映えそうなのはホラーゲームとか」

俺がそう言った途端、凪咲の肩がびくんと震えた。

「こ、怖いのはちょっと……」

「苦手なのか？」

「わ、私お化けとかそういうのに弱くて……」

凪咲には大変申し訳ないけれど、凄くピンと来てしまった。

「なあ凪咲、すまないがこれはチャンスだぞ」

「どうして⁉」

「夏と言えばホラー。で、そういうのを怖がって彼氏にくっつく彼女。男はそういうのが大好きだから、恋愛意欲をバッチリ煽れると思う」

「うぅ……そんなの趣味が悪いよぉ」

「それに凪咲も、苦手なホラーを頑張って彼氏とやった、って内容はＳＮＳに書きやすいんじゃないか？」

「た、確かにそれはそうかも……」

「よしっ、決まりだな。緊急事態宣言で肝試《きもだめ》しができないぶん、家でホラーゲーム。我ながらなかなかいいアイディアだ」

といった具合に、俺は勢いで凪咲を押し切ったのであった。

俺はショップ画面でホラーのジャンルを絞り込む。

「あ、あんまり怖そうなのはやめようよぉ」

「そうだなぁ……おっ」

見覚えのあるソフトを見つけて、俺は画面のスクロールを止めた。

『タウンオブザゴースト』

小学生の時にクラスメートの小川《おがわ》と遊んだホラーゲームだ。

幽霊が出ると噂《うわさ》の不穏な街、そこで発生する連続殺人事件。

主人公はその犯人「ゴーストマン」に襲われながら、事件の謎《なぞ》を解いていく。

恐怖感を煽る演出が絶妙で、はっきり言ってかなり怖い。

しかし怖いだけでなく、緊迫感のあるストーリーに引き込まれてしまうのだ。

「これに決まりだな。リマスター版が出てるとは知らなかった」

「ねえゆーくん、これ怖そうだよ⁉　大丈夫⁉」

「かなりの名作だから、ＳＮＳ映えするぞ」

「答えになってないよ！」

既に怖がって俺にくっつく凪咲をよそに、ソフトを購入。

しばしのダウンロードを経て、いよいよゲーム開始の準備が完了する。

「じゃ、凪咲が操作してくれ。俺は横で見ながら、スマホで写真撮るから。雰囲気を出すために、部屋もちょっと暗くしておくか」

「ゆ、ゆーくんってひょっとしてサディストなの……？」

青ざめて怯《おび》えながらも、コントローラーを握る凪咲。

ゲームが始まるとすぐに、主人公が一人夜の道を歩く場面となる。

「あ、あれ、もう動かせるんだ？」

凪咲はコントローラーの操作を確かめながら、主人公を動かす。

簡単な操作方法のチュートリアルも入り、基本的な操作はすぐ覚えられる。

「なるほどね、最初は丁寧に操作を教えてくれるんだ。これなら何とか……」

と、凪咲が安堵しかけたその瞬間。

画面の横から突如、血に塗れて刃物を持った人物が襲い掛かってきた。

「ぎぃやぁぁぁぁぁ！」

プレイヤーが気を抜いたであろう瞬間を見計らった、ビックリポイント。

凪咲は思わずコントローラーを放り投げ、俺にぎゅっと強く抱きついた。

怯えて半べその表情で、本気で抱きつくその姿がまた可愛らしい。

「凪咲、そのままじゃ主人公が死んじまうぞ」

「で、でも怖いよぉ！　ビックリして心臓が飛び出るかと思ったんだから！」

凪咲は俺の体から離れられず、ぴったりとくっついたまま。

主人公はコントローラーが放られたままでは当然動けず。

棒立ちのまま襲撃を受けて、あっけなく絶命した。

凪咲はその光景を、ぶるぶる震えながら見ていた。

「ゆーくん、もう無理……。別のゲームがいいよぉ」

「いやあ、でもいい写真も撮れたぞ。もう少し頑張ってみろよ」

「いつの間に撮ってたの⁉　う、うぅ……どうしてこんなことに」

怯えながらコントローラーを拾い、涙目で再開する凪咲だった。

◇◇◇◇◇

その後凪咲は大苦戦しながらゲームを進めていった。

ゲーム中では謎解きのヒントを集めつつ、何度もゴーストマンに襲われる。

凪咲は何度も絶叫し、俺に抱きついては逃げ損《そこ》ねてゲームオーバーになる。

途中からはずっと俺の腕を抱いたままプレイしていた。

おかげで、常に柔らかい胸がむにむにと押し当てられる状態に。

「はぁ、はぁ……ちょっとずつだけど逃げるコツがわかってきたかも」

息も絶え絶えながら、次第に上達していく凪咲。

ゴーストマンから隠れるポイントも覚え、探索してアイテムを集めていく。

「ふっふっふ、どうゆーくん？　もう捕まらないよ！」

「ああ、かなり上達したな。でも……」

凪咲は建物の中で、脱出するための鍵《かぎ》を探して探索を続ける。

そして通路の一角にあるロッカーを開けたその瞬間。

「いいいいやぁぁぁぁ！」

美少女が出してはいけないような声を上げて悶絶《もんぜつ》した。

ロッカー内から突如ゴーストマンが不意打ちで現れたためだ。

そう、プレイヤーが慣れて油断した頃合《ころあ》いに、こういう不意打ちが来るのだ。

凪咲は意表を突かれて驚き、またコントローラーを放り投げてしまう。

「なんでここにいるのおお⁉　もうやだぁぁ！」

俺の胸に顔を埋めて喚《わめ》く凪咲。

普段の甘いイチャつきとは違うが、こういうのも悪くない。

俺は凪咲の背中をぽんぽんと叩いて宥《なだ》める。

そうしているうちに逃げ遅れた主人公は、ゴーストマンに殺されてしまった。

画面に浮かんだゲームオーバーの文字を見て、凪咲が力無く呟く。

「ゆーくん……ギブアップしていい？」

「とりあえず区切りもいいし、いったん昼飯休憩にするか」

「うう、ゆーくんのサディスト！」

実際凪咲の怯え顔を見て、ちょっと愉悦《ゆえつ》のようなものを感じていた。

凪咲の言うように俺はサドの素質があるかもしれない。


昼食には野菜と肉をたっぷり入れたソース焼きそばを用意した。

俺が調理している間、凪咲はぐったりしつつスマホを操作する。

「できたぞ、凪咲」

「わーい、美味しそう。しっかり食べて午後に備えなきゃ！」

二人で焼きそばを啜《すす》っていると、不意に凪咲が不服そうな表情を浮かべた。

「ん？　口に合わなかったか？」

「ううん、焼きそばは美味しいんだけど……」

言いながら俺にスマホの画面を向ける。

「今、ゆーくんが撮ってくれた私の絶叫シーンをツブヤイターにアップしたんだけどね」

「おお、いつの間に。それが何か問題なのか？」

「私が怯えて怖がってるだけのムービーなのに凄い勢いでいいねが増えてるの……」

「あー……。ま、まあ反響が大きいのは良かったんじゃないか？」

「うぅ、皆歪《ゆが》んでるよぉ！　もっとこう、凪咲ちゃんかわいそう、みたいな反応を期待してたのに！」

ぷんぷんと怒りながら、焼きそばを平らげていく凪咲。

正直怖がらせたのは申し訳ないが、注目を集めたという点では成功だろう。

そうして昼食を平らげると、俺達は再び部屋へと戻った。

◇◇◇◇◇

午後も凪咲は絶叫しながらの奮闘が続いた。

何度も驚き、ゲームオーバーしつつも少しずつ先へと進めていく。

「ゆーくん、ちゃんと私の肩を抱いててね」

「わかってるって」

凪咲のリクエストで、俺は凪咲の肩に手を回して抱き寄せていた。

こうして俺とくっついていれば、多少は恐怖が和らぐらしい。

ずっと凪咲の柔らかい体が密着して、ゲーム画面に集中しにくい。

一方の凪咲はどんどん集中力を増しているようだった。

「最初は怖いだけだと思ってたけど……。これ、結構面白いね」

そう、ストーリーもかなり面白いのだ。

登場人物は個性的で、その数名のうち誰《だれ》かがゴーストマンの正体。

主人公は逃げながらも、徐々にその真相に近付いていく。

いつの間にか凪咲は、ゲームにのめり込んでいた。

俺がこのゲームに決めた理由は、まさにそこが一番だった。

凪咲も楽しめれば、ＳＮＳに書く題材としてもやりやすいだろう。

……まあ、怯え顔の凪咲を見てみたいというのも少しだけあったが。


「よいしょっ……えいっ、あとちょっと……やった！　逃げ切った！」

午後に入ってから二時間あまり。

凪咲はとうとうゲーム序盤の山場まで来ていた。

「ふぅ、どうかなゆーくん？　そろそろクリアじゃない⁉」

「そうだな、第一章はもうすぐ終わるな」

「……第一章？」

「このゲーム、三パートに分かれてるんだよ。そのうちの最初のパートは、あとちょっとで終わるな」

俺の言葉に、凪咲は力が抜けて俺にがっくりと寄りかかった。

「あ、あんなに頑張ったのに……」

「とりあえず今日は第一章をクリアするまで頑張ろうぜ。夏休みも長いし、残りはまた別の日に進めよう」

「そ、そうだね。よーしっ、あとちょっと頑張るぞ！」


最後には、広い建物内を端から端までゴーストマンから逃げる勝負が待っていた。

凪咲はこれまでの知識を総動員し、恐怖と闘《たたか》いながら逃げ続ける。

「この動作はナイフ投げの予備動作……！　しゃがんで回避！」

状況に応じて最適解を選びつつ、素早い反応を見せる。

昔俺と小川がやった時は、何度も死んだ場面だ。

だが凪咲はなんと、一発でゴーストマンから逃げ切ってみせた。

「こっちの通路に曲がって、全力で走れば……。やったぁ、出口だ！」

ゴーストマンの追跡を振り切って、脱出に成功した凪咲。

喜びのあまりガッツポーズを取り、ソファに深く腰掛ける。

画面では、脱出した主人公が安堵の表情で胸を撫《な》で下ろしていた。

だが、次の瞬間。

画面には突如ゴーストマンのどアップが映り込んだ。

「ぎにゃあぁぁぁぁぁ！」

尻尾《しっぽ》を踏まれた猫みたいな絶叫をする凪咲。

この展開が読めていた俺は、事前にスマホでムービー撮影をしていた。

そう、第一章クリア後は安堵したプレイヤーにこの不意打ちが用意されているのだ。

凪咲は今日一番のリアクションを見せつつ、俺にぎゅっと抱きつく。

正面からのハグなので、胸板に柔らかい胸がぐにぐにと当たる。

「な、凪咲しっかりしろ。ほら画面見ろって」

「逃げ切ったのに、どうしていきなり出てくるのぉ……」

画面では、主人公がゴーストマンに捕まって連れ去られていた。

このゲーム、第一章はどう頑張ってもこういう終わり方になる。

そして第二章は、ゴーストマンの棲家《すみか》からの脱出編が始まる。

凪咲はよろよろと弱りながらもコントローラーを拾い、セーブを済ませる。

午後も遅く、夕方に差し掛かったちょうどいい頃合いだ。

「お疲れさん、凪咲。キリもいいし今日はここまでにしよう」

「ゆーくん……。確かにこのゲーム面白いし、やって良かったと思うよ。でもやっぱり、ちょっとだけ恨《うら》むからね！」

「わ、悪かったって。ほら、片付けて少し休憩しようぜ」

その後俺と凪咲は居間でお茶を飲みながら、まったりとイチャついて過ごした。

◇◇◇◇◇

その夜は、かなり早い時間に凪咲が俺の部屋へやって来た。

「ゆーくんっ！　宿題なんてやめて二人でゆっくりしよ！」

「随分早いな。もうＳＮＳの更新が終わったのか？」

「うん！　今日は凄く書きやすかった！」

スマホで開いてみると、確かに更新済だった。

文章からも凪咲が凄く楽しんでいた感じが滲《にじ》み出ていて、読み応えがある。

もっとも、怖がらせた俺への恨み言も書かれていたが。

「ほらほら、ゆーくんも早くこっち来て！」

二人掛けソファに座り、ぱんぱんと隣を叩く凪咲。

俺は宿題を閉じて、凪咲の横に腰を下ろす。

「えへへ、一仕事終えた後のイチャイチャは格別だねー」

凪咲は俺に体重を預けて、笑みを浮かべる。

凪咲のパジャマはシャツ一枚にショートパンツという、ラフな薄着。

俺も似たようなものなので、普段以上に素肌と素肌が密着する。

ショートパンツから覗く太ももは柔らかそうで、若干視線に困る。

「あれー、ゆーくん、もしかして私が薄着だから照れてる？」

「い、いやまあ……少しだけ」

相変わらずこういうのはすぐ見透かされてしまう。

凪咲はそんな俺をからかうように、頬をつついたり脚を密着させたりする。

「そ、そろそろ凪咲もこの生活に慣れてきたか？」

恥ずかしいのを誤魔化《ごまか》すように、話題を捻《ひね》り出《だ》す。

すると凪咲は満面の笑みを俺に向けた。

「うん！　三日間やってみて、かなり慣れたかな。何よりも、ゆーくんとお父さんが優しくしてくれるから居心地もいいし」

「そっか、良かった。これが何日続くかわからないし、凪咲が過ごしやすいのが一番だ」

「ふふ、お姉ちゃんには悪いけど、このままゆーくん家《ち》の子になってもいいかも」

「……それはさすがに玲さんが泣くぞ」

と、そんな他愛《たわい》ない話をしながら少しずつ夜が更けていく。

何より安堵したのは、凪咲がリラックスできている様子なことだ。

我が家での生活に馴染み、親父とも仲良くやっている。

「えへへー、明日も楽しみだなー。明日は一緒に何しよっか？」

「やることの候補は事前にたくさん考えてあるしな。……後はそろそろ、一緒に宿題をやる日も作らないとな」

「うぅ……それはまあ、もう少し後で」

「結構な量出てるぞ。あんまり後回しにするとだな……」

「あーっ、もうこんな時間！　それじゃあ寝るね、おやすみゆーくんっ」

凪咲は慌てて立ち上がると、俺の頬にキスをして部屋を後にした。

うーん、そのうちしっかりと宿題をやらせなければ。

……それにしても、おやすみ前のキスというのも最高だな。

こんな理想的と言えるほどの生活を送っていいのだろうか。

何もかもがうまく行き過ぎて、ちょっと不安になるほどだ。

「よし、俺も早く寝て明日に備えるか」

心地良い気分で寝床に入り、目を閉じる。

――そう、あまりに順調だから俺は忘れかけていたのだ。
今世間では、新型感染症が大流行の真っ只中《ただなか》だということを。

第二章

Please KEEP Your DISTANCE

亜紀の反撃、開始

CAPTER 02

kanojyo no
Social distance
ga chikasugiru

四日目以降も、凪咲《なぎさ》との巣ごもりライフの発信は好調だった。
運動不足を解消するべく、室内でできるトレーニングをSNSで紹介したり。
ちょっとした日曜大工で小物置きを作ったり。
時間を掛けて本格的なローストチキン作りなんかにも挑戦した。
さすがに一日は、ぐずる凪咲の背中を押して宿題をする日に充てた。
その後はゴーストマンの続きに挑戦。
といった具合に、順風満帆《まんぱん》な日々を過ごして十日目を迎《むか》えていた。
凪咲のSNSもアクセス数が増えて、注目度も高まっている。
まさに玲《れい》さんの狙《ねら》い通り、カップルの巣ごもりデートのいい宣伝になっていた。

「ふー、今日も楽しかったね、ゆーくん♡」
十日目のその日は、巣ごもり生活二回目の映画鑑賞日としていた。

前回とは毛色の違うアクション映画を、二人でイチャつきながら楽しんだ。

「そうだな。映画も面白《おもしろ》かったし、今日もＳＮＳの更新は安泰《あんたい》そうだな……ん？」

スマホが振動していることに気付き、俺《おれ》は画面を見る。

着信相手は親父《おやじ》だった。

まだ時刻は午後の三時で、仕事中のはずだ。

こんな時間に珍しいな、と思いつつ通話に出る。

「もしもし父さん？　どうかしたの？」

『夕市《ゆういち》、突然電話して悪いな。ちょっとまずいことになった』

「まずいこと？　大丈夫かよ」

俺が話すのを、凪咲も心配そうに見つめていた。

『職場で新型の感染者が出てな。……それが、なんと父さんの隣の人だったんだよ。さすがにびっくりしたよ、はっはっは』

「隣の人⁉　笑ってる場合じゃないだろ！」

『今、フロアの全員が病院でＰＣＲ検査を受けてきてな。結論から言うと、父さんの結果は陽性だった』

「え⁉　マジかよ……」

『いやー、フロア内の半分以上が陽性でなあ。いわゆるクラスターってやつだな』

親父の口調には緊迫感こそないものの、結構大変な事態だ。

まさかこんなに身近で感染者が出るとは。

「で、父さんは大丈夫なの？　これからどうなるの？」

『今は大丈夫だけど、ちょっと喉《のど》がイガイガするな。たぶんこれから体調を崩すかもな』

「マジか……。とにかく看病するから、早く帰ってきてくれ」

『いや、それが帰れないんだ。感染拡大を防止するため、ここで陽性だった人は皆療養施設でしばらく隔離になる』

冷静に考えれば、確かにそうか。

感染者が家に帰ったらその家族も感染して、連鎖的に広がってしまう。

「わかった。家のことは任せてくれ」

『ああ。ただ夕市と凪咲ちゃんも俺の同居家族だから、この後保健所から連絡があるはずだ。たぶん、近所の病院で検査を受けることになる』

「そうなのか……。とにかく連絡を待つよ」

『よろしく頼む。療養施設に移動するための車が来たから、いったん切るぞ。とりあえずこの後の検査結果はメッセージでもいいから教えてくれ』

そこまで言うと、親父は通話を切った。

俺もスマホを置くと、凪咲が不安げな表情で口を開く。

「だいたい聞こえてたけど……。お父さん大丈夫かなぁ？」

「感染しちまったものは仕方ない。後は症状が悪化しないことを祈ろう」

新型感染症の症状は、基本的には重い風邪のようなものだ。

発熱や咳《せき》、喉の痛みに頭痛や腹痛が一般的らしい。

ただ、一定の割合で肺炎などの重い合併症を発病することもある。

そして割合は低いものの、死亡に至るケースも報道されている。

親父が死んだらと思うと、さすがに洒落《しゃれ》にならない。

と、不安がっていると不意に自宅の固定電話が鳴り響いた。

「はい、蔵木《くらき》です」

『こちら、地域保健所の担当の者です。この度ご家族が感染されましたので……』

保健所の説明によると、既に近所の病院でＰＣＲ検査の手配済だという。

夕方の五時までに行って、検査を受けるよう指示をされた。

俺は了解の旨《むね》を伝えて、電話を切る。

「凪咲、これから病院に行って検査を受けるぞ」

「ひぇ～、感染してたらどうしよう……」

「父さんがどのタイミングで感染したかによるよな。とにかく後のことは、検査を受けてから考えよう」

俺と凪咲は着替えを済ませると、数日ぶりにマスクをつけて外出する。

さすがにこのご時世、くっついて歩くのは避《さ》けて距離を取りながら、病院へと向かった。

◇◇◇◇◇

病院ではPCR検査専用の入り口が設けられていた。

裏口のような通路から、プレハブの隔離された一角へと向かう。

そして受付を済ませて待合室へ行くと、意外な人物がいた。

「亜紀《あき》、お前もか」

「夕市⁉　それに佐柳《さなぎ》さんも？　……そっか、うちの親の職場におじさんが出向してるんだっけ」

「なるほど、亜紀の両親もクラスターに巻き込まれたのか」

「……お互い大変ね」

亜紀は少し驚いたものの、すぐに落ち着きを取り戻す。

程なくしてまず亜紀が呼ばれ、奥へと姿を消す。

その次に俺が呼ばれて立ち上がると、凪咲が不安そうに見つめる。

「ゆーくん……」

「大丈夫だって。また後でな」

凪咲を少しでも元気付けようと笑顔を向けてから、奥へ行く。


検査室では、防護服や手袋で完全防護した医師が待ち構えていた。

「はい、それじゃあそこのベッドに仰向《あおむ》けに寝てください」

俺は指示された通り簡易ベッドの上に寝る。

検査方法はどうやら鼻の奥に棒を突っ込んで粘膜を擦《こす》る方式らしい。

「少し痛むけど我慢《がまん》してね」

（……っ！　痛ててて！）

これがまた、予想以上に痛い。

普段触れることのない鼻の奥は思ったより敏感だ。

軽く触れるだけでもズキズキ痛む。

医師は三本ほどの棒を鼻の奥に押し当てて、粘膜のぬぐい液を採取したようだった。

「結果は三十分もあれば出るから、また待合室で待機してください」

痛かった……。

とはいえ検査は終わったので、俺は一安心しつつ待合室へ戻った。

入れ替わりにすぐ凪咲が検査室へと向かい、数分で半べそをかきながら帰ってくる。

「ふぇぇ……痛かったよぉ」

ぼそりと呟《つぶや》いてから、椅子《いす》に腰掛ける。

待合室では会話を控えるよう貼《は》り紙《がみ》があり、俺は黙ったまま凪咲に労《ねぎら》いの視線を向ける。

凪咲は泣きそうな表情を浮かべて、俺に視線を返す。

とにかく後は、結果が出るまで待つしかない。

俺と凪咲、それに亜紀の三人はそれぞれ不安を胸《むね》に時が経《た》つのを待った。


およそ三十分後。

一人ずつ順番に奥に呼ばれて、結果を伝えられた。

「蔵木夕市さん、陰性です。お疲れ様でした」

「陰性か……良かった」

俺は胸を撫《な》で下ろして、病院を後にする。

病院の入り口では亜紀が俺を待っていた。

「夕市、どうだった？」

「陰性だ。亜紀もここにいるってことは、大丈夫だったのか？」

「ええ、陰性よ。後は佐柳さんね」

程なくして、凪咲もこちらに駆《か》け寄《よ》ってきた。

「ふぇぇ、良かったよぉ……。私、陰性だって」

「そうか、とりあえずは良かったな。俺も亜紀も同じく陰性だ。父さん達は心配だけど、とにかく悪化しないことを祈るしかない」

「そうだね。亜紀ちゃんも感染してなくて本当に良かったぁ」

ほっと胸を撫で下ろす凪咲。


「とりあえず父さんに連絡して、陰性だったことを教えておくか」

「そうね、私も両親に電話するわ」

俺と亜紀はスマホで互いの両親に連絡をする。

「父さん？　今検査の結果が出て、俺も凪咲も陰性だった」

『そりゃ良かった。こっちも療養施設に入って、薬を支給された。十日ほど隔離になるらしいけど、せっかくだしゆっくり休むとするよ』

「わかった。とにかくお大事にな」

といった具合に、俺と親父の話はすぐに終わる。

一方、亜紀は何やら親との話が揉《も》めている様子だった。

こんな報告をするだけなのに、何を揉めるというのか。

と、思っていると不意に亜紀が俺の方を見た。

普段あまり見せない、戸惑っているような困っているような表情だ。

「夕市……ちょっといい？　うちのお母さんが、夕市と話させて、って」

「俺と？　別にいいけど……」

亜紀のおばさんとは、よく見知った仲だ。

子供の頃《ころ》よく亜紀と遊んでいた俺は、おばさんにも可愛《かわい》がられていた。

成長した今でも見かければ挨拶《あいさつ》するし、世間話もする。

「もしもし、おばさん？　夕市だけど」

『あら夕市君！　実は折り入って頼みがあるのよ！』

「何でしょうか？」

『うちは旦那《だんな》と私が二人とも療養施設で隔離になっちゃって！　それで、亜紀は一人娘だから家に一人になっちゃうでしょ？』

「確かにそうですね」

『年頃の娘を十日間も家で一人にするのが心配で……。もし亜紀に何かあったらと思うと、いても立ってもいられなくて』

「ええ、心配ですよね」

亜紀は美人なだけに、そういう心配が大きいのはよくわかる。

とはいえ、この状況ではどうしようもないと思うが。

『だからね、隔離期間中は亜紀を蔵木さんの家に置いて欲しいのよ』

「え⁉」

予想外の提案に、素っ頓狂《すっとんきょう》な声を上げてしまう。

『ご近所でも亜紀を頼めるほど信頼できるのは、蔵木さんのお宅しかなくて。お願い夕市君』

「いやしかしその、俺も亜紀もいい年頃ですし。そんな男女を一緒にしたらいろいろと危ないじゃないですか」

『ふふふ、それを考慮したうえでのお願いよ。夕市君は誠実だし、まあ万が一間違いが起こっても……。別に夕市君が相手なら、おばさんは許しちゃうわ』

半分おどけた調子で言うおばさん。

いやふざけてる場合かと。

「何言ってるんですか……」

『そういうのは抜きにしても、亜紀が心配というのは本当なの。亜紀に万が一のことがあったら、私は……』

それは確かにそうだ。

亜紀は俺にとっても大切な幼馴染《おさななじみ》だし、今の状況を考えると他に選択肢もない。

「わかりました。一応父さんの許可を取ってからでいいですか？」

『あ、蔵木さんにはもう許可をもらってるわ。それじゃあ、後は頼んだわね夕市君』

通話が切れてしまい、俺は亜紀と目を見合わせる。

凪咲も非常に気になっている様子で、俺の反応を待っている。

俺は小さく溜息《ためいき》を吐《つ》いてから、二人に事情の説明を開始した。

「え～!?　あ、亜紀ちゃんも一緒に暮らすの!?」

目を丸めて素っ頓狂な声を上げる凪咲。

「わ、私も二人の邪魔をするみたいで困ったんだけど……。でもお母さんも強引《ごういん》で」

亜紀はやや気まずそうだった。

「いや、亜紀を一人にしておくわけにもいかないだろ。非常事態だし、助け合っていこう」

俺の言葉に、凪咲も満面の笑みで頷《うなず》いた。

「もちろん！　えへへ、亜紀ちゃんと一緒に寝るの楽しみだな！」

「いや、一緒に寝ないわよ。別の布団《ふとん》で寝るわ」

「そんな〜。一緒に寝てコイバナしようよー」

「私とあなたでコイバナって……。絶対お断りよ」

と、和やかに話す女子二人と歩くうちに家の近くまで来る。

亜紀はいったん俺達と別方向に曲がりつつ、口を開く。

「ひとまず生活に必要なものを持ってくるわ。後でそっちに行くわね」

「わかった。戸締《とじま》りはしっかりな」

「そうね。ありがと、夕市」

亜紀を見送って、俺と凪咲は自宅へと向かった。

◇◇◇◇◇

「結構遅くなっちまったな。晩飯は適当に済ませるか」

「うん。お腹《なか》空いたよ〜」

おそらく検査に行った時間から、亜紀も晩飯はまだだろう。

俺は冷蔵庫の中身と相談しつつ、手早くできそうなメニューを考える。

「飯を炊いてると時間もかかるし……冷やしうどんとサラダにでもするか」

冷蔵庫からサラダに使えそうな野菜を取り出して、調理の準備を進める。

そうしていると、程なくして家の呼び鈴が鳴った。

「夕市、開けてもらえる？」

亜紀の声が聞こえて、すぐに出迎えに行く。

「本当にあっという間に来たな」

「これだけ近所なら当たり前でしょ。お邪魔するわね」

亜紀は大きなショルダーバッグを抱《かか》えて、玄関に入る。

「亜紀ちゃーん！　待ってたよ！」

凪咲も亜紀を出迎えにやって来る。

そうして三人が家の玄関口で揃《そろ》った、その時。

凪咲のスマホから着信音が鳴り響く。

「あれ、お姉ちゃんからだ。どうしたんだろ？　もしもーし、お姉ちゃん？」

玲さんから凪咲には、数日おきに状況を確認する連絡が来ていた。

今回もそれだろう、と思ったのだが俺はすぐに様子が違うことに気付いた。

スマホから漏《も》れ聞こえたのは、低い男性の声のようだったのだ。

「え、お姉ちゃんの上司？　はい、私は佐柳玲の妹ですが……。え⁉　お姉ちゃんが倒れた⁉」

凪咲の表情が一瞬で青ざめていく。

緊張した空気の中、凪咲はスマホから聞こえる声に頷きを返す。

「……はい……はい。新型感染症の検査は陰性で、過労が原因なんですね。わかりました、すぐ自宅に向かいます」

凪咲は通話を切り、小さく息を吐く。

「お、おい凪咲、玲さんが倒れたのか？」

「……うん。働き過ぎて、貧血でめまいを起こしちゃったみたい。病院で診《み》てもらって感染症の検査もしたけど陰性で、過労と貧血のせいだって。今は意識もはっきりしてるみたい」

「そうか、ひとまず新型感染症じゃないのは良かったな」

「うん。ただ、上司の人からは休養を命令されて、お医者さんの許可が出るまで出勤は禁止みたい」

「忙しそうだったからなぁ、玲さん」

凪咲から聞いた限りでは、何日かに一度しか自宅に戻らず働きづめだったらしい。

緊急事態宣言で仕事も増えて、本当に大変だったんだろう。

「……ゆーくん、私自分の家に帰るね。お姉ちゃんを看病しなきゃ」

「そうだな。プロジェクトの活動より、家族の健康の方が大事だしな。……待てよ、ということは」

俺はふと、すぐ近くにいた亜紀の方に視線を向ける。

亜紀は心配そうに凪咲を見つめて、その肩にそっと手を添《そ》えていた。

ひょっとして、俺は亜紀と二人きりで生活することになるのか？

「とにかく、私急いで荷物をまとめるね。急にこんなことになってごめんね、ゆーくん」

「いや、それは気にしなくていい。タクシー呼んでおくよ」

「うん、ありがとう」

凪咲は俺に弱弱しい笑みを返すと、二階へと駆けていった。

亜紀もそれに続いて、二階へ向かっていく。

「手伝うわ、佐柳さん。夕市、こっちは私に任せて。女の子の身支度《みじたく》だし、男子に入られると困るかもしれないし」

「そうだな、よろしく頼む」

俺はすぐにスマホでタクシー会社を検索する。

それにしても、今日は本当に怒濤《どとう》の展開だ。

父さんの感染に始まって、亜紀がうちに泊まることになり、そして玲さんのダウン。

皆すぐに良くなればいいのだが。

◇◇◇◇◇

二階の小部屋では、凪咲と亜紀が荷物の整理をしていた。

「佐柳さん、服は畳《たた》んでまとめておくわよ」

「うぅ、ごめんね～、亜紀ちゃん」

荷物を懸命に片付けていく凪咲。

亜紀はその横顔を見ながら、ふと声を上げた。

「過労ということは、玲さんは数日間は休むわよね。その間、ずっと看病するの？」

「うん！　お姉ちゃんがお仕事に戻るまでは、私がそばにいないと」

「……つまり、その間ずっと私と夕市がここで二人きりになるのよ」

その言葉を聞いて、凪咲の動きがぴたりと止まる。

小さな部屋の中に、緊張した空気が漂《ただよ》う。

「で、でも、亜紀ちゃんが一人になるのは危ないし、仕方ないよ」

「佐柳さんは、私の夕市に対する気持ちは知ってるわよね？」

「う、うん……。前に亜紀ちゃん自身から聞いたから……」

「それは今も変わってない。そしてチャンスがあれば躊躇《ちゅうちょ》せず奪うと言った、その気持ちも同じ」

凪咲はその言葉に何も返せず、荷物の整理を再開する。

亜紀も畳んでまとめた衣服を凪咲に手渡す。

凪咲が雑に畳んだものとは違い、きっちりと綺麗《きれい》に畳まれている。

「あ、ありがと……亜紀ちゃん」

「こんな状況で、あなたに申し訳ないと思う気持ちもあるわ。でも、これほどのチャンスは二度と来ないかもしれない。悪いけど、全力を尽くさせてもらうわ」

「ゆ、ゆーくんは、私のことを好きでいてくれてる……と思う」

「そうね、少なくとも今は。だから私も、この期間に自分の良さを精一杯アピールするつもりよ。それに夕市も、一応男だわ。万が一何か起こる可能性だって……」

そこまで言うと、凪咲が慌《あわ》てた様子で亜紀の肩を摑《つか》む。

「何かって⁉　そ、それはダメだよぉ！」

「生真面目《きまじめ》で奥手な夕市のことだから、そうはならないとは思うけど。とにかく最善は尽くさせてもらうわ」

「そういう方向で最善を尽くしちゃダメだよぉ、亜紀ちゃん！」

そんな話をするうちに、凪咲は荷物をまとめ終える。

ちょうどそのタイミングで、階下から夕市の呼ぶ声が聞こえた。

「おーい凪咲、タクシーが来たぞ！」

「う、うん、わかったゆーくん！」

凪咲はキャリーバッグを抱えて、亜紀も反対側から持つのを手伝う。

そして向かい合った状態で、凪咲が口を開く。

「ゆーくんはたぶん、亜紀ちゃんのことが凄《すご》く大切なんだと思う。それが幼馴染としてか、恋愛対象としてかはよくわかんないけど……」

「ど、どうしたのよ急に神妙になって」

「でも最後には私を選んでくれるって、信じてる。勝負だね、亜紀ちゃん！」

「まったく、佐柳さんは本当に楽観主義というか……。ほら、しっかり持ちなさい。階段を下りるわよ」

「わわっ、ちょ、ちょっと待ってぇ！」

◇◇◇◇◇

凪咲と亜紀は、大きなキャリーバッグを二人がかりで運んで下りてきた。

階段の下で俺がそれを受け取り、玄関に運んでいく。

「ごめんねゆーくん、待たせちゃって」

「いや、タクシーも今来たところだ」

凪咲は靴を履《は》くと急ぎ足で玄関を出て、歩いていく。

玄関先で見送る俺と亜紀に手を振ると、すぐにタクシーに乗り込み走り去ってしまう。

「行っちゃったわね、佐柳さん」

「……そうだな」

「というわけで、しばらくよろしく頼むわよ、夕市」

「あ、ああ」

凪咲と入れ替わる形で、亜紀と二人きりの生活に。

どれだけ激動の夏休みなんだ……。

「とりあえず亜紀も晩飯はまだだろ？　遅くなっちまったけどこれから作るよ」

「何を作るのかしら？」

「簡単に、冷やしうどんとサラダでも作ろうと思ってるけど」

亜紀は少し考えてから、居間へと歩き出した。

「冷蔵庫のもの、勝手に使っていいかしら？」

「え、別にいいけど……」

「私が作るわ。夕市は先にお風呂《ふろ》でも入ってきてちょうだい」

「い、いやでも、お前も疲れてるだろ？」

亜紀は俺の言葉に構わず、タンスからエプロンを取り出して身につける。

そして長い黒髪をきゅっと結び、台所へと向かう。

この髪を結ぶ仕草《しぐさ》が、前も思ったけれど妙に色っぽさを感じてしまう。

「ただでさえお世話になってる身なんだし、遠慮《えんりょ》しないで」

もうすっかりやる気のようで、冷蔵庫の中身を次々に物色する亜紀。

こうなるともう一切《いっさい》譲る気がないのは、昔からの付き合いでよくわかる。

「それじゃあ、お言葉に甘《あま》えるか。先に風呂に入ってくるよ」

「うん。夕市も今日は大変だっただろうから、ゆっくり浸かって疲れを取るのよ」

「……何だか母ちゃんみたいだな、お前」

「そう言ってもらえると光栄ね」

まな板でトントンと食材を刻む音を背に、俺は風呂場へと向かった。

「確かに亜紀の言う通り、今日は大変だったな……」
温かい浴槽に肩まで浸かり、俺は一人呟いた。
父さんが感染したという連絡に始まり、病院で検査を受けて。
さらに亜紀が我《わ》が家に来ることになったかと思うと、玲さんが倒れてしまった。
一気に環境が変わって戸惑う気持ちが強いし、さすがに疲れた。
「しかしまあ、亜紀と二人か」
小学生の時までは、あまり意識せず二人で遊ぶことも多かった。
だが中学生になるとさすがにそういう機会も次第に少なくなっていった。
と思ったら、互いに高校生になってからこの急接近。
子供同士の頃とは違って、二人ともすっかり成長している。
特に亜紀は、すらりと細身でウエストのくびれた女性らしい体型になった。
……っていいかん、何を意識してるんだ俺は。
今は亜紀の家族が隔離中で、俺が守るために我が家に来ているんだ。
それに俺には凪咲という彼女もいる。
女性として亜紀を意識して良いような状況ではない。
それはわかっているのだが。
「意識するな、ってのも無理な話だよなぁ……」

正直、亜紀は美人だ。

元気なギャル系美少女の凪咲とは違うタイプの、黒髪和風美人。

同じ屋根の下で二人きり、日夜を共に過ごして全く意識しないはずがないのだ。

俺はどぼんと湯船に頭まで浸かり、混乱を必死に抑えようとした。

しかし当然、その程度で混乱や煩悩《ぼんのう》が鎮《しず》まってくれるはずもなかった。

◇◇◇◇◇

「ちょうどいいタイミングね。今ご飯ができたところよ」

風呂から上がると、食卓からいい匂《にお》いが漂ってくる。

見ると、冷やしうどんの他に豚肉の生姜《しょうが》焼きと大根サラダまで作ってあった。

「……風呂入ってる時間でこれだけ作ったのか？」

「できればもう一品くらい作りたかったんだけどね」

「いや、十分すぎるだろ。俺が同じ時間かけてもこんなにできないぞ」

「まあとにかく、冷めないうちに食べてちょうだい」

亜紀はエプロンを取り、結んでいた髪をほどく。

こういう仕草からもいちいち色気を感じてしまう。

いやいや、落ち着け俺。

「いただきます」

食欲の赴《おもむ》くままに、生姜焼きから口に運ぶ。

同時に、口の中に生姜の香りと甘辛いタレの味が広がっていく。

「う、うまっ……」

肉も柔らかく、ほどよいとろみのついたタレが絶妙だ。

いつも雑に作ってしまう俺の料理より明らかにうまい。

「気に入ってくれた？　なら良かったわ」

亜紀が普段あまり見せない嬉《うれ》しそうな笑みを浮かべる。

生姜焼きにはキャベツの千切りもしっかりと添えてあり、これもタレが絡《から》んでうまい。

大根サラダもシャキシャキと歯ざわりが良く、味の濃い生姜焼きとバランスがいい。

うどんのつけ汁には大根おろしが入っていて食欲をさらにそそる。

男二人の生活では、こんな気の利《き》いた料理はまず作らない。

「……うまいけどさ。亜紀も疲れてたんじゃないのか？　もう少し手抜きしてもいいぞ」

「疲れてるからこそしっかり食べるのよ。それに今はいつ新型に感染するかわからないわ。日頃から栄養をしっかりとって、免疫を高めておかないと」

「お前、そんなにしっかりしてたっけ……？」

「もう、夕市ったら私の印象が小学生の頃で止まってるんじゃない？」

確かにそうかもしれない。

顔立ちや体つきは大人っぽくなったと思ったが、内面も大人になっている。

「ほら、ぼーっとしてないで食べて」

「あ、ああ、そうだな」

亜紀に促されて、俺は食事を再開した。


亜紀の料理はどれも本当にうまくて、あっという間に平らげてしまった。

「ふぅ……ごちそう様。お前、こんなに料理がうまかったのか」

「ありがと。それじゃあお皿も洗っちゃうわね」

「いや、そのくらいは俺が……」

「いいから、家事は私に任せて。横でお皿を拭《ふ》いてもらえると助かるわ」

亜紀は率先して皿を運び、皿洗いを始めてしまう。

俺はタオルを片手に、その横で皿拭きの準備をする。

「気持ちはありがたいけどあんまり気を遣《つか》わなくていいぞ、亜紀」

「ううん。今は少しでも、夕市の役に立ちたいの。だから、夕市も私を頼って欲しいな」

「……そ、そうか」

亜紀から洗い終わった皿を受け取りながら答える。

無理しているようなら、強引にでも休ませようと思った。

けれど、亜紀の表情はどこか楽しそうなのだ。

皿洗いの手際《てぎわ》も非常に良く、てきぱきと片付いていく。

俺の知らない間にこんなに家事スキルが上達していたとは。

「はい、終わりね。じゃあ私もお風呂をいただいていいかしら?」

「ああ、もちろん。タオルの置き場所とかはわかるか?」

「問題ないわ。気にしてくれてありがと」

亜紀はぐっと体を伸ばしてから、風呂場へと歩いていった。

「ふぅ……何だか調子が狂うな」

俺は小さく呟いてから、居間に行って体を休めることにした。

◇◇◇◇◇

居間で茶を飲みながら、俺は親父とメッセージのやり取りで状況を報告し合った。

親父の方はどうやら微熱が出ていて、咳も出始めたとのことだった。

ただ、現状では重症化はしておらず、十日前後で隔離解除となる見通しらしい。

一方で玲さんが過労で倒れて凪咲が帰った経緯《けいい》を伝えると、すぐに返信が来た。

『そりゃ大変だな。玲さんにお大事にと伝えておいてくれ。しかしそうなると……夕市は亜紀ちゃんと二人で暮らすのか。まあ頑張れよ』

何をだよ。

と、思っているうちに俺は茶を飲み終える。

「そろそろ歯でも磨くか」

居間のソファから立ち上がり、洗面所へと向かう。

そのタイミングでちょうど、風呂から上がったであろう亜紀が脱衣所から出てきた。

「⁉」

体にバスタオルだけを巻いた姿で。

「ちょっ⁉　あ、亜紀お前、何て格好してんだよ！」

「二階に着替えを置いたままお風呂に入っちゃって。ま、別にこのくらい見られてもいいわ」

とは言うものの、バスタオルの丈は割とギリギリだ。

胸元《むなもと》はかなり露出しているし、太ももはつけ根近くまで見えてしまっている。

しっとりと濡《ぬ》れた長い黒髪が色っぽさを醸《かも》し出す。

……それにしても脚が長くて、本当にスタイルがいいな。

「つ、次からはちゃんと脱衣所に着替えも用意しろよ」

「ふふ、このくらいで恥ずかしがってるの？　相変わらず夕市はお子様ね」

言いながら、亜紀は二階への階段を上がりはじめる。

いやお前、そんな格好で階段を上がられると、非常に視線に困ることになるのだが。

というか風呂上がりなんだから、下手したら下着すら穿《は》いていないのでは……？

本能的に亜紀の方に向かいかけた視線を、理性で必死に逸《そ》らす。

どきどきと高鳴る心臓の鼓動を、深呼吸して必死に落ち着ける。

「お、俺は歯を磨いたら自分の部屋に行くから、何かあったら声を掛けてくれ」

「わかったわ」

二階から亜紀の落ち着いた返事が聞こえてくる。

どうにも、俺だけが亜紀との生活に戸惑い、慌てふためいているようである。

亜紀はあんなにも落ち着いて、家事までこなしてくれているというのに。

俺は自分のことを情けなく思いつつ、歯を磨きはじめた。

◇◇◇◇◇

二階の小部屋に上がった亜紀は、顔を真っ赤《まっか》にしてバスタオルを被った。

(い、いいいいくら何でもバスタオル姿はやり過ぎたかしら⁉)

夕市の目の前では、極力平静を装っていた。

しかしその心の中では、恥ずかしくて顔から火が吹き出しそうだった。

それでも、奥手で鈍感な夕市に自分を女と意識してもらうため。

亜紀は必死だったのだ。

(家事ができるところを見せて、同時に異性としてもしっかり意識させる。そして、できる限り二人で過ごす時間を増やす。やるのよ、亜紀。徹底的にアピールするの!)

決意に燃えながら、寝間着に着替えていく亜紀。

ワンピース型で肩の露出した、夏用の薄手のもの。

手持ちの中で一番肌の露出が多く、可愛らしいデザイン。

「夕市が可愛いって思ってくれたらいいんだけど……」

一人小さく呟いて、一階へと下りていく亜紀だった。

◇◇◇◇◇

歯も磨き終えた俺は、自室で宿題を広げたままぼんやりしていた。

さすがに今日はちょっと疲れて、やる気が出ない。

そうしてぼんやりしていると、スマホに凪咲から着信があった。

『あ、もしもしゆーくん？　遅い時間にごめんね』

「いや、そっちは大丈夫か？」

『お姉ちゃん、かなりぐったりしてた。今は少し落ち着いたから、ゆーくんにこっちの状況を伝えておきたくて』

「そっか。凪咲は大丈夫か？　疲れてないか？」

『私は大丈夫！　こんな時こそお姉ちゃんを支えないとね！　……でも、こういう時って何か栄養のあるもの作ってあげた方がいいのかな？』

まあ普通ならそうなのだが。

正直凪咲は、お世辞にも料理がうまくない。

「ま、まあ胃腸も弱ってるだろうからな。レトルトのお粥《かゆ》とか、果物なんかをちょっとずつ食べさせるのがいいんじゃないか」

『そ、そっか。ありがとゆーくん、明日そういうの買い溜《だ》めしに行くね』

「ああ、それでいいと思うぞ」

『……ね、ねえゆーくん。そっちの様子はどう？　亜紀ちゃんとはどんな感じ？』

凪咲に尋《たず》ねられて、俺は一瞬だけ言葉に詰まる。

亜紀の姿にちょっとドキドキした、なんて言えるはずもない。

「と、特に問題なくやってるよ」

『そ、そっか。そうだよね、何か疑うようなこと聞いちゃってごめんね！』

と、話していると通話の向こう側から、呻《うめ》くような声が微《かす》かに聞こえた。

『ご、ごめん、お姉ちゃんが呼んでるから切るね！　おやすみ、ゆーくん』

「ああ、大変だろうけど頑張れよ、凪咲」

プツリと通話が切れ、俺はスマホをベッドに放り投げる。

……うーん、何となくだが凪咲は俺が亜紀を気にしていることを察しているように思う。

そういうところは鋭いし、凪咲の反応も何か引っかかっているようだった。

コツ、コツ

物思いに耽《ふけ》っていると、ドアをノックする音が響いた。

今この家にいるのは、俺以外に一人だけ。

「亜紀か？　どうかしたのか？」

「……夕市、入っていい？」

「え!?」

今は夜も遅い、寝る前の時間帯だ。

いくら幼馴染とはいえ、こんな時間に部屋に招き入れて良いものか。

「な、何の用だ？」

「一人になると、凄く不安になっちゃって。お父さんとお母さんが心配で、二人が悪化したらどうしようとか、考えちゃって……。だからちょっと、気晴らしに話したいだけ」

確かに、考えてみればそうだ。

新型に感染してそのまま死亡した、なんて報道はもうテレビで何度も見た。

普通に考えれば、家族が感染したらそういう不安が募《つの》るのは当然だろう。

「時間も遅いから、少しだけだぞ」

「うん。ありがと、夕市」

亜紀がそっとドアを開けて入ってくる。

肩の露出したワンピース型の寝間着で、スカート部分からも太ももが露出している。

生地も薄く、体のラインがくっきり見えてしまう。

男の部屋にそんな格好で来られては非常に困る。

「夕市の部屋も久しぶりだけど、あんまり変わらないわね」

ぐるりと部屋を見渡す亜紀。

「そりゃまあ、男の部屋なんてそんなもんだろ」

「……って、雑誌とか放りっぱなしじゃない」

亜紀は身を屈《かが》めて、床に置いたままの雑誌や本を集めていく。

「あ、後で片付けるからそのままでも……っ！」

言いかけたところで、俺はつい口ごもってしまった。

目の前では、亜紀のワンピースの胸元が弛《ゆる》んでその内側が見えていたのだ。

控えめな胸の膨らみが、物凄くギリギリのところまで。

突然の不意打ちに、俺の胸がどきどきと急速に高鳴ってしまう。

「急に黙ってどうしたの、夕市？」

「あ、いやその……。と、とにかく片付けなんていいから！」

「せめて、今集めた本だけでも棚に置いちゃうわね」

亜紀はベッドの脇《わき》にある棚へと、集めた本を収めていく。

その際ベッドに片脚を乗せて、前のめりの姿勢になる。

結果短いスカート部分がさらに捲《めく》れて、太ももが凄く際《きわ》どいところまで露出する。

「～～～！」

俺は言葉にならない叫びを飲み込みながら、視線を逸らそうとする。

しかし、その魅惑的な光景からどうしても目が離せない。

すらりと長く、同時に適度な肉付きもある亜紀の脚。

「置く場所、ここで良かったかしら？」

不意に亜紀がこちらを向き、俺は慌てて視線を逸らす。

……見ていたことがばれたか？

「あ、ああ、適当でいいよ」

亜紀は特にこちらを咎《とが》めず、しかし一瞬だけ笑みを浮かべたような気がした。

まあ普段の亜紀なら、じろじろ見ていたら怒るだろうし、たぶんばれてない。

とにかくこのままでは気が変になりそうだ。

「とりあえずテレビでもつけるか。適当に座れよ」

「そうね、失礼するわ」

気を紛《まぎ》らわすために、夜の報道番組をつける。

亜紀は二人掛けソファの左半分にそっと腰掛けた。

画面ではキャスターがちょうど、東京都の感染人数について話していた。

「明日発表される感染者数には、うちの両親や夕市のお父さんも加わるのかしら」

「だろうな。こんな身近に出るとは、さすがに思ってなかったな」

「もし今日感染がわからずお父さん達が帰ってたら、私達も感染してたわね」

「そう考えると恐ろしいな……」


俺と亜紀は報道番組を見ながら、何気ない会話を交わしていく。

しかし次第に亜紀は口数を減らし、自身の腕《うで》をぎゅっと抱《だ》いた。

「ねえ夕市……。やっぱり私不安だわ。今にもお父さんとお母さんが急に悪化するんじゃないかって思っちゃうの」

「気持ちはわかるけど、俺達には無事を祈るしかできないだろ」

「ごめんね夕市、ちょっとだけ隣に座って欲しいの」

「え⁉」

突然のお願いに、俺は困惑してしまう。

だが、亜紀の表情は確かに不安でいっぱいのようだった。

……そう、これはやましい気持ちではない。

あくまで、大切な幼馴染の不安を少しでも取り除くためだ。

「ま、まあ隣に座るくらいなら」

俺は勉強机から離れ、二人掛けソファの右半分に座る。

亜紀と脚が当たってしまい、素肌の感触が伝わってくる。

「何かね、夕市がそばにいてくれると落ち着くのよ」

「そ、そうか」

近くで見ると、本当に色っぽい寝間着姿である。

胸元は緩めに開き、内側が見え隠れする。

太ももは先ほど以上に間近に見えて、そのきめ細かい肌の質感までわかってしまう。

亜紀は俺に軽く寄りかかりながら、テレビの画面に視線を向けていた。

……これ、普通の男女ならもう襲い掛かってるような状況だよな。

いやだから、何を考えているんだ俺は。

あくまで亜紀の不安感を取り除くため、そばに座っているだけだろうが。


「すぅ……」

俺が一人で苦悩していると、不意にすぐ横から小さな寝息が聞こえてきた。

次の瞬間、亜紀の頭が俺の肩にそっと寄りかかる。

「あ、亜紀?」

返事の代わりに、控えめな寝息がすぅすぅと耳に届く。

いつの間にか寝てしまったらしい。

そのまま少しずつ、亜紀の体重が俺の方に預けられてくる。

俺も半袖《はんそで》にハーフパンツ姿なので、腕や脚の素肌がぴったりと密着する。

どきどきと心臓が急速に鼓動を速めていく。

このままでは、いろいろとまずい。

俺は理性を必死に働かせて、亜紀に声を掛ける。

「亜紀、寝るなら二階の部屋に戻れ」

「んん……」

起きないどころか、さらに身を寄せてくる亜紀。

俺はその肩に手を添えて、ゆさゆさと揺らす。

正直、こうして肩の素肌に触れるのもさらにどきどきしてしまうが。

「起きろ、亜紀」

「んっ……あれ？　私、寝ちゃってた？」

「ああ。さすがにここで寝られたら困る」

「ごめんね。でも夕市がそばにいてくれると、本当に落ち着いちゃって」

「ほら、もう二階に戻れ。一応俺もお前も、幼馴染とは言え男と女なんだから」

俺が言うと、亜紀はゆっくりと俺から離れて立ち上がる。

「へぇ、夕市も私のことを女扱いしてくれるんだ」

「あ、当たり前だろうが！　さすがにちょっと無防備すぎるぞ」

部屋を出ていく間際《まぎわ》、亜紀はぼそりと呟く。

「ありがとね、夕市。お休み」

「あ、ああ、お休み」

亜紀はドアの向こうに姿を消し、階段を上がる音が聞こえてくる。

俺は一気に緊張が解けて、ベッドに体を投げ出す。

部屋の中には、ほんのりと亜紀の残り香が漂っていた。

頭の中で、凪咲と亜紀の顔が交互に浮かぶ。

布団を被り、混乱した頭の中を必死に落ち着けようとする。

とにかく今日は、いろいろなことが起き過ぎたし疲れも溜まった。

目を閉じていくうちに、俺はいつの間にか眠りに落ちていた。

◇◇◇◇◇

翌朝。

部屋の外から微かに響く物音に、俺は目を覚ます。

「ふわぁ……。何の音だ？」

ぐっすりと眠れたためか、疲れもかなり取れていた。

俺は部屋を出て、音のする台所を覗《のぞ》き込んだ。

「あら夕市、早いのね。朝ごはんができたら呼ぶから、それまで寝ててもいいわよ」

そこでは亜紀が、朝食の支度をしていた。

フライパンの中でかき混ぜているのは卵だろうか。

「おはよう、亜紀。朝食なんて適当で構わないぞ」

「いいから任せて。朝こそしっかり食べないと」

「うーん、まあそれならお言葉に甘えるか」

俺は洗面所で顔を洗い、部屋で着替えも済ませる。

そうして台所に戻る頃には、テーブルに立派な朝食が並んでいた。

「ちょうどできたわ。一緒に食べましょ」

「うお……朝から凄いな」

食卓の中央には、うまそうな焦《こ》げ目《め》のついたフレンチトースト。

脇の皿にはホテルで出るみたいなトロトロのスクランブルエッグにソーセージ。

ブロッコリーやトマトなどの野菜類も添えられている。

さらに、バナナとキウイも一口サイズにカットされて小皿に並ぶ。

「いただきます。とりあえずフレンチトーストから……」

口に運ぶと、バターの香りがふわりと鼻をつく。

中まで卵液が染みてとろりと柔らかく、メープルシロップの優しい甘さが嬉しい。

「どう？　お口に合うかしら？」

「いや、めちゃくちゃうまいよ。というかこれ、さては夜から仕込んでたろ」

「へえ、よく気付いたわね」

「でなけりゃ、ここまで染み込まないからな」

スクランブルエッグは見た目通り、ふんわりと柔らかく絶妙な火の通し具合だ。

それにソーセージの塩気と歯ごたえが最高に合う。

昨日の晩飯と同様、これも男ばかりの我が家では味わえない。

俺は夢中で朝食をがっつき、一気に平らげてしまう。

その姿を見る亜紀は優しい笑みを浮かべている。

何だかちょっと気恥ずかしい。

「ごちそう様。……なあ亜紀、どうしてこんなに張り切ってくれてるんだ？」

「え⁉　そ、それは……。私、実は前から気になってたことがあるのよ」

「気になってたこと?」

「うん。夕市は、子供の頃に母親を亡くしてるでしょ」

「そうだな」

「それ以来、夕市とおじさんが協力して暮らしてきたことは知ってる。そのおかげで、夕市も子供の頃よりしっかり者になった」

それはまあ、その通りだ。

母さんが生きていた頃は、とにかく俺は甘え切っていた。

あれが食べたいだの、これが欲しいだの、母さんに我儘《わがまま》を好き放題言っていた。

そんな俺を、母さんもかなり甘やかしてくれていた。

「……まあ、そうだな。そういや母さんも、食事はかなり気合い入れてくれてたな」

「私はね、おばさんのこと今でも尊敬してるの。ああいう優しくてしっかりした人になりたいのよ」

「そうか。母さんがそれを聞いたらさぞ喜ぶだろうな」

「ふふ、そうね。だからここにいる間は、夕市も私を頼っていいの。何なら、母親だと思ってくれてもいいわ」

「いや、さすがに同級生を母親扱いはできないけど……。ただ、そこまで言うなら家事は任せるよ。手伝いが必要なら、いつでも言ってくれ」

俺の言葉に、亜紀は満足げに頷きを返した。

「よしよし、それでいいのよ。いい子ね、夕市」

「さすがに子供扱いは勘弁してくれ……」

◇◇◇◇◇

その後、午前中は亜紀を中心に家事を進めることになった。

洗濯機を回しながら、普段サボりがちな掃除をする。

亜紀はノースリーブのブラウスにスカート姿で、二の腕と脚がまあまあ露出している。

昨日からそうだが、近くに思春期の男子がいるのをわかっているのだろうか。

「夕市は別に手伝わなくてもいいわよ」

「まあどうせ緊急事態宣言で、ろくに外出もできないしな。手伝わせてくれ」

「ま、それもそうね。じゃあ洗濯物を干してちょうだい」

「はいよ……っと」

指示された通り、洗濯籠を持ってベランダに向かう。

洗い終わった衣類を次々に干していき、そしてふと見慣《な》れないものを手にする。

「ん、これは？　……っ！」

亜紀の下着だった。

黒い。

……あいつ、こんな色のを穿いてたのか。

籠の中には、同じく黒のブラジャーもあった。

「夕市、干し終わったの？」

もたもたしていた俺に、不意に亜紀が背後から声を掛けた。

「あ、いやその……。こ、これ、俺が干して良かったのか？」

俺は視線を逸らしながら、下着を亜紀に差し出す。

「別に、ただの布じゃない。こんなので恥ずかしがるなんて、お子様ね」

そう言われても、ただの布にしてはあまりにも付加情報が重い。

そういや凪咲は、自分の下着を見られるのを嫌がっていた。

こっそり洗って、外には干さず浴室乾燥機能で干していたっけ。

「しょ、しょうがないだろ。扱い慣れてないんだからさ」

「気にせず、他の服と同じように干せばいいわ。それとも、私がやろうかしら？」

「い、いやいいよ、俺がやる」

「そう。じゃ、頼んだわね」

その後、俺は極力意識しないよう努めながら、洗濯物を干していった。


干す作業を終えて室内に戻ると、亜紀も一通り掃除を終えていた。

フローリングはピカピカで、埃《ほこり》一つ落ちていない。

居間にはいつの間にか、亜紀が淹《い》れてくれたお茶が置いてあった。

「お掃除して、少し疲れたでしょ。お茶でも飲みましょ」

「あ、ああ。しかしお前本当に手際がいいな……」

このお茶もまた濃さがちょうど良く、熱すぎず飲みやすい温度に仕上がっている。

こいつは完璧《かんぺき》超人か何かか。

「ところで夕市、宿題はちゃんとやってるの？」

のんびり茶を啜《すす》っていると、急に痛い所を突かれた。

「そ、そんなところまで母親っぽくしなくていいだろ」

「別に友達の立場でも、同じことを聞いてるわ。それで、どうなの？」

「う……。文系科目はまあ、順調だな」

「苦手な理系科目はまだ手付かず、といった感じかしら」

あまりに図星を突かれ過ぎて、何も答えられない。

そんな俺を見て、亜紀は小さい溜息とともに言う。

「ま、こんな状況だし手伝ってあげてもいいわよ」

「そりゃ助かるけど、いいのか？」

「佐柳さんがいる間、例のプロジェクトの手伝いで毎日忙しかったでしょ。今のうちに進めておかないと」

「た、助かる。……ちなみに亜紀はどのくらい進んでる？」

「八割方終わってるわ」

夏休みはまだ十日間が終わっただけで、八割も完了。

俺もそんなことを言ってみたいものである。

しかし亜紀は本当に、真面目でしっかり者だ。

「それじゃあ、このまま居間でやるか。部屋から持ってくるから待っててくれ」

「私も二階から自分の宿題を持ってくるわね」

◇◇◇◇◇

俺は自室から問題集と筆記用具を持ってきて、居間のテーブルに置く。

面倒臭いのは確かだが、亜紀がいる今が確かにチャンスだ。

一人でやるよりずっと効率的にできるはず。

「お待たせ、私も持ってきたわ」

亜紀も宿題を抱えて二階から下りてくる。

そしておもむろに、俺のすぐ横に腰を下ろした。

やや短めのスカートから綺麗な脚がすぐ近くに見えてしまう。

「ん？　と、隣に座るのか？」

「教えるなら、この方が効率がいいでしょ。正面からじゃ見づらいわ」

「た、確かにそうか」

俺が意識し過ぎなのかもしれない。

昨日から、どうにも思考がそういう方向に進みっ放しだ。

俺は頭を切り替えて、数学の問題集を開く。

同時に、うんざりするような難問がずらりと目の前に並ぶ。

三角関数に指数関数、微分積分だのさっぱりだ。

受験は文系に絞ろうとは思うが、それはそれとして宿題はやらねばならない。

「どう、何とかなりそう？」

「いやぁすまん……さっぱりだ。どう解けばいいんだ？」

「夕市は本当に数学が苦手ね。いい、この問題はまず必要な定義を整理して……」

と、説明しながら亜紀はぐっとこちらに寄ってくる。

ノースリーブの二の腕が、俺の腕にぴったりとくっつく。

突然生肌の感触がして、俺はどきりと胸を高鳴らせてしまう。

「あ、亜紀？　い、いやその、ちょっと何というかだな」

「何よ、急にもじもじして。変な夕市」

互いの素肌が接触し合っているこの状況。

にも関《かか》わらず、亜紀は俺のすぐ近くで涼しい表情をしている。

長い黒髪もすぐ近くで揺れて、ちょっと甘いようないい匂いがする。

何よりも、亜紀の整った綺麗な顔が近いのが心臓に悪い。

「……と、こんな感じの数式になるのよ。わかったかしら？」

「あ、ああ、だいぶわかりやすかった」

集中を削がれそうなこの状況でも、亜紀の説明は理路整然としてわかりやすい。

言われた通りに解き進めると、何とか解答を導き出せた。

「そうそう、それでいいのよ。その調子で他の問題もできると思うわ」

「いや、本当にわかりやすかった。助かるよ、亜紀」

俺の言葉に、亜紀は満足げな笑みを浮かべた。

「ふふ、またわからなくなったら聞きなさい」


そうしてしばらくの間、二人で並んで宿題を進めていく。

亜紀は俺から質問を受ける度に、二の腕や脚が密着する距離で教えてくれる。

俺一人ではあり得《え》ないような速さで、数学の宿題が片付いていく。

「ふぅ……ちょっと暑くなってきたかしら」

午前中は冷房を控えめにしていたが、昼が近付いて確かに暑くなってきた。

「そうだな、冷房をもうちょっと強く……っ！」

何気に亜紀の方を見ると、胸元を摘《つ》まんでパタパタと動かしていた。

その動きに合わせて、ブラウスの胸元からその内側が見え隠れする。

「どうしたの夕市？」

言葉に詰まった俺に、首を傾《かし》げる亜紀。

「いやその……む、胸元をあんまり開かない方が」

「暑いんだから仕方ないでしょ。別に夕市になら、見られても気にしないわ」

亜紀は俺の指摘に構わず、パタパタと扇《あお》ぎ続ける。

俺は返答に困り、立ち上がって冷房を操作しにいく。

……しかし、普段の亜紀ならここは怒ったり恥ずかしがったりしそうなものだが。

二人きりの空間でそんなに無防備にされては、本当に困る。

今の亜紀は、凪咲以上に無防備なのではないだろうか。

「ほら夕市、あとちょっと頑張ってからお昼にしましょ」

「そ、そうだな」


その後も昼前まで宿題を続け、数学の宿題は驚くほど進んだ。

「じゃ、夕市はそのまま宿題続けてて。私はお昼を作るから」

「なら俺も宿題はこのへんにして……」

「ダメ。どうせ午後にやろうとしても眠くなるでしょ。目が覚めてる午前中に集中して片付けなさい」

「うぅ……わ、わかったよ」

もはや完全に母親状態の亜紀だった。

◇◇◇◇◇

昼食はひき肉たっぷりのキーマカレーに、シーザーサラダだった。

うちには市販のカレールウしか無いのに、それをアレンジして作ったのだろうか。

カレーの香りは食欲をそそり、俺は夢中で平らげてしまう。

「ぷはー……うまかった。ごちそう様」

「凄い勢いで食べちゃったわね。工夫して作った甲斐《かい》があったわ」

「というか、市販のルウでどうやって作ったんだ？」

「包丁でルウを細かく刻んで、粉状にしちゃうのよ。次一緒に作って、教えてもいいわ」

「そうだな、頼む。俺も覚えたい」

話しているうちに亜紀も食べ終えて、食器を片付けはじめる。

俺はまたその横で、洗い終えた皿を拭いていく。

しばらく無言で皿洗いをしていると、亜紀がもじもじとこちらの様子を窺《うかが》いはじめた。

何か言いたそうである。

「どうかしたのか？」

「あ、あの、その……。この後の時間なんだけど、夕市はすることある？」

「緊急事態宣言で外に出られないからな。適当に過ごすつもりだけど」

「じゃあ……。私、久しぶりに夕市と遊びたいな」

ちょっと恥ずかしそうに目を逸らして、頬《ほお》を染める亜紀。

その表情があまりに可愛らしく、心臓が跳ねるように鼓動する。

しっかりしろ、俺。

俺には凪咲という彼女がいるだろうが。

「遊ぶって、何かしたいことでもあるのか？」

「昔みたいに、ゲームでもしよ」

小学生の頃、確かに亜紀とはよくゲームで勝負した。

いろいろなゲームで競争して、二人ともムキになってやり合った記憶がある。

「そうだな、じゃあ久々にアレで勝負するか」

「アレって、小学生の頃取っ組み合いに発展したこともあるあの……？」

「そうだ、クリーチャーハンターズだ」

クリーチャーハンターズ、略してクリハン。

当時の子供達を魅了して一大ブームを巻き起こした、大人気狩猟《しゅりょう》ゲームだ。

「ふふ、久しぶりにやりたいわね。早くお皿洗っちゃわないと」

すっかり大人っぽくなった亜紀だが、今は子供っぽい表情になっていた。

皿洗いを済ませると、二人で俺の部屋へ急いだ。

押し入れから古いゲーム機を引っ張り出し、接続する。

ちょっと久しぶりだから心配だったが、電源をつけるとしっかり動作した。

俺と亜紀は二人掛けソファに並んで座り、コントローラーを握る。

「昔はよく、お菓子《かし》だのおもちゃだのを賭《か》けて勝負したっけな」

何でも完璧にこなす亜紀は、ゲームもその例に漏れなかった。

「そうね、どうせ勝負するなら何か賭けた方が燃えるわね」

タイトル画面を飛ばして、いよいよゲーム開始。

対戦モードでは、フィールド内に多数出現するクリーチャーの狩猟数を競う。

だが単にクリーチャーを倒し続けるだけの単純なゲームではない。

相手プレイヤーを妨害する様々な手段があり、それを駆使するのがコツだ。

そのためこのゲームは、当時多くのプレイヤー達を喧嘩《けんか》に発展させた。

「狩猟対象のクリーチャーは……巨大リザードでいいか」

ステージを選び、続いて俺と亜紀はハンターを選ぶ。

俺は近接戦闘型のキャラで、亜紀は遠距離狙撃型のキャラ。

これも昔と全く変わっておらず、つい笑みがこぼれてしまう。

「言っておくけど容赦《ようしゃ》しないわよ、夕市」

「こっちのセリフだ。行くぞ！」


画面が上下に別れ、上に俺のキャラが、下に亜紀のキャラが表示される。

そして開始と同時に、互いのキャラは狩猟対象を求めて動き始める。

ステージは巨大リザードの出現で廃墟《はいきょ》と化した都市だ。

かなり広い廃墟の中に何体もの巨大リザードが闊歩《かっぽ》しており、それを排除するという設定。

「うっし、まずは一匹！」

幸先良く一匹目を見つけた俺は、ハンマーで巨大リザードに襲い掛かる。

不意打ちから一気にラッシュを仕掛け、大ダメージを与えて倒し切ってしまう。

「やるわね。……でも、こっちも見つけたわ」

亜紀のキャラは遠距離から、巨大リザードの脳天を撃ち抜く。

そうして気絶させると、弾を雨のように浴びせて片付ける。

どうやら互いに腕は鈍っていないようだった。


それから一進一退の攻防が続き、互いに三匹を狩猟し終えた。

状況が動いたのは、俺が四匹目を仕留め掛けたその時。

不意に俺の画面が白い光に覆《おお》われ、操作が効かなくなる。

「……やりやがったな、亜紀」

「あら、何のことかしら」

亜紀が俺に撃ったのは、閃光弾《せんこうだん》。

こちらの視界を奪い、数秒動きを強制的に止められてしまう。

直前に目を閉じるコマンドを押せば無効化できるが、戦闘中はそこまで気が回らない。

俺のキャラはその間に巨大リザードの手痛い攻撃を喰《く》らって吹っ飛ぶ。

その隙《すき》に亜紀は遠距離から狙撃し、俺の獲物を横取りする。

瀕死《ひんし》の体力になった俺は逃げながら回復薬を飲むのが精一杯。

何しろこのゲーム、一度死んだら狩猟数が半減してしまうのだ。

「あら残念、これで夕市が倒れてくれれば勝利は確実だったのに」

「くそっ……相変わらず妨害がうまいな」

「とにかくこれで私が一歩リードよ。このまま一気に差をつけるわ」

こうして勝負はどんどん白熱していった。

亜紀はとにかく妨害行動がうまく、こちらの意表を何度も突いてくる。

俺も必死に立ち回るが、こういう勝負は亜紀が一歩上手だ。

残り時間が少なくなってきたが、亜紀は八匹、俺は六匹の狩猟数。

このままでは負けてしまう。

「ふふ……夕市にどんな命令をしようかしらね」

何となくだが、ここで亜紀に負けるのはいろいろと危険な気がする。

本能でそう直感した俺は、勝つための策を必死に考える。

「……よし」

ちょうど巨大リザードが二匹集まっている場所を見つけた。

これを倒せば、少なくとも引き分けにできる。

だが当然、亜紀もこちらの動向を把握して妨害行動に出るだろう。

俺はそれを見越したうえで、あえて巨大リザードの元に向かう。

「あら、素直な動きね夕市。ヤケになったのかしら？」

「妨害なんかに負けたりしないぞ！」

亜紀の動きを見ると、こちらの動きを阻害するネバネバ弾を用意していた。

そしてこちらを狙いやすそうな、高台の方へと向かっていく。

そこからは俺のキャラが丸見えで、妨害もやり放題だろう。

「……素直な動きはそっちの方だったな」

その瞬間、俺は事前にセットしていた罠《わな》の起動ボタンを押す。

同時に高台からは煙が上がり、周囲の巨大リザードがそちらへ向かう。

「なっ⁉　ま、まさかこれは……？」

「そう、クリーチャー寄せのトラップだ」

ボタンを押すと、クリーチャーの好む匂いを発する誘導型トラップ。

数体の巨大リザードに囲まれた亜紀のキャラは、必死に逃げようとする。

が、その動きも予測済だ。

「逃がすか！」

俺のキャラがハンマーで飛びかかり、亜紀のキャラを叩き落とす。

その下には巨大リザード達が待ち構えており、集中攻撃を浴びせてくる。

遠距離型で防御力の低い亜紀のキャラはすぐに倒れてしまう。

そしてそのすぐ直後、タイムオーバーの表示が画面に写る。

結果は俺が六匹、亜紀が四匹の狩猟数で俺の勝ち。

「そんな……」

亜紀は画面を見つめながら、しばし呆然《ぼうぜん》としていた。

「こんなギリギリの秒数で逆転してくるなんて……。負けたわ、夕市」

やがて亜紀はコントローラーを置き、こちらを見る。

「それで、何を命令するの？　約束だから、どんな命令でも聞くけど」

そんなことを言われると、ついつい不健全な想像が頭をよぎってしまう。

が、俺はそうした思考を理性で必死に抑え込む。

そういう展開にならないよう、懸命に摑んだ勝利なのだ。

「そうだな……。肩でもマッサージしてもらうかな」

このくらいなら、万が一屈咲にばれても全く問題ないだろう。

肩揉《かたも》みしやすいように、俺は亜紀に背中を向ける。

だが亜紀は肩を揉む代わりに、口を開いた。

「わかったわ。それじゃあベッドにうつ伏《ぶ》せになってちょうだい」

「え⁉　いや別に座ったままでも……」

「私、整体の勉強もしたことがあるのよ。真剣勝負の結果なんだから、命令も全力で聞かないと」

相変わらず妙なところで生真面目な亜紀だった。

そのまま俺の体を押して、ベッドに無理やり寝かせようとする。

「わ、わかったよ。でもそんなに張り切らなくていいぞ」

俺は勢いに負けて、ベッドにうつ伏せになる。

すると亜紀もベッドの上に乗り、俺の体を跨《また》ぐような格好になる。

「お、おいおい、その位置はさすがにその……」

「この姿勢じゃないと、しっかり指圧できないわ。いいから夕市は力を抜いてて」

どうしてこんなことに……。

と、思っていると俺の背中に亜紀がそっと腰を下ろした。

柔らかいお尻《しり》の感触が、亜紀の体温が、背中から伝わってくる。

いや、さすがにこれはまずい。

「……っ⁉」

俺は肩に強い圧力を感じて、思考を中断させる。

思った以上に力強い指圧に、痛みと同時に微かな快感も覚える。

肩周辺の筋肉がほぐれて、血行が良くなっていくような感覚。

亜紀はぐい、ぐいと強く指圧を続け、それに合わせて背中の上でもぞもぞ動く。

「結構凝ってるわね。背中も張ってる感じがするし、ついでにこっちもほぐすわね」

「い、いや肩だけで十分……ぐおおおお！」

背骨に沿って、亜紀の指が徐々に下りてくる。

当然亜紀のお尻も徐々に動いていき、俺の尻近くまで来る。

互いの下半身が近くにある状態というのは、非常に不健全ではなかろうか。

亜紀はそうして俺の体を、じっくりと時間を掛けてマッサージしていく。

結局肩から背中、さらにはふくらはぎまで、半《なか》ば強引に揉みほぐされてしまった。

もういいぞ、と途中で何度か言ったが離してくれなかったのだ。

おかげで俺の体は至る所で亜紀の柔らかいお尻が当たってしまった。

「はいっ、おしまい。随分《ずいぶん》と体中が凝ってたわね」

「や、やり過ぎだぞお前……。あ、でも何だか体が軽いな」

体を起こすと、想像以上に身軽な感覚が広がる。

全身に血液が淀《よど》みなく循環しているような、フレッシュな気分。

「言ったでしょ、整体の勉強もしたことがあるって」

「本当にお前は何でもできるな……」

「ふふ、またして欲しくなったらいつでも言って。……それで、これからどうしよっか？　もう一回勝負する？」

「今度は何も賭けずに、気軽な対戦で頼む」

俺が言うと、亜紀はやや不服そうながらも承諾《しょうだく》した。

「まあいいけど……。夕市の気が向いたら、また真剣勝負しましょ」

亜紀は勝ったら何を命令するつもりだったんだろうか。

何となく怖いので、その後も命令を賭けた勝負はせずのんびり対戦を続けた。

こうして俺と亜紀は午後の時間を、ゲームをして過ごしたのであった。

◇◇◇◇◇

その日の夕食も当然のように亜紀が作ってくれた。

食後に風呂を済ませると、後片付けも完璧に終えている。

何もかも至れり尽くせりだ。

「こんなの本当に母さんが生きてた頃以来だな……」

俺は居間でくつろぎつつ、一人ぼんやりと呟く。

そうしていると、スマホに親父からメッセージが入った。

『喉が痛くて話しにくいからメッセージで送るぞ。こっちは発熱、咳、喉の痛みと新型感染症の症状が見事にてんこ盛りだ。まあ薬を飲んで安静にしてるから、そのうち落ち着くとは思うけど。そっちはどうだ？』

俺は亜紀が張り切ってくれていて、快適だと返す。

程なくして親父から返信が。

『お前も苦労するなあ。じゃあ俺は寝るからこれで』

快適だと言っているのに、どういう返信だ。

……いや、親父の言わんとしている所はわからなくもない。

直接好意を伝えられてはいないが、亜紀は少なからず俺にそういう気持ちがある。

以前凪咲と別れそうになった時も、同じような感じになった。

俺はどこか、亜紀の気持ちと真っ直《す》ぐに向き合えていない。

いやまあ、はっきりそういう気持ちを告げられたわけじゃないけれども。

と、悶々《もんもん》としていると不意にスマホの着信音が響いた。

画面に表示されていた着信相手を見て、俺はすぐに通話に出た。

「凪咲！　そっちは大丈夫か？」

『ゆーくん！　話したかったよぉ……』

普段よりも元気のない、弱弱しさを感じる声。

「やっぱり大変そうだな。玲さんの調子はまだ悪いのか？」

『うん。なかなか食欲が出なくて、フラフラしちゃってるんだ。何とかゼリーくらいは食べてるけど……』

「そうか。看病も大変だろうな。凪咲も頑張り過ぎて、体調を崩さないようにな」

『ありがと、ゆーくん。……そ、そっちはどんな感じ？　亜紀ちゃんと仲良くやってるの？』

俺はそう聞かれて、返答に詰まってしまう。

凪咲は玲さんを看病して大変なのに、こっちは快適過ぎるくらいだ。

しかも亜紀と、かなりイチャイチャしているような感じになっている。

「ま、まあ、亜紀は料理がうまくて、家事も完璧にこなしちまうからな。勉強も教えてくれてるし、ちょっと助かり過ぎてるくらいだ」

俺の反応から、凪咲も何か察した様子だった。

『そ、そっか……。それに比べて、私は料理も下手、家事もできないし、勉強なんて教えてもらう側。もしかして亜紀ちゃんといた方がゆーくんは幸せなのかな……』

珍しい凪咲の弱音。

「何を馬鹿《ばか》なことを言ってるんだよ。お前らしくもない」

『そ、そうだよね。あはは、私どうしちゃったんだろ。そろそろお姉ちゃんの看病に戻るから、もう切るね！』

「お、おい凪咲……」

心配になって引き留めようとするが、そのまま通話が切られてしまう。

どうも凪咲らしくないネガティブな感じだった。

後でメッセージを送ってフォローしておこう。

「夕市どうしたの？　佐柳さんから？」

不意に近くから亜紀の声が聞こえて、俺は驚いてしまう。

「うわっ！　い、いつの間に風呂から上がってたんだよ」

「さっき上がったところ。私に気付かないくらい電話に夢中だったみたいね」

亜紀は昨日と同じく、ちょっと露出の多い寝間着姿だった。

長い黒髪からはシャンプーの香りが漂う。

俺はその色っぽい姿に、またしてもどきりと胸を高鳴らせてしまう。

「玲さんがまだ体調悪そうで、凪咲も大変みたいなんだよ」

「昨日過労で倒れたばかりだものね。早く良くなるといいけど」

言いながら、玲は俺の横にちょこんと腰を下ろす。

俺は何となく凪咲に申し訳ない気持ちがして、立ち上がる。

「俺は自分の部屋に戻るよ」

「……待って」

亜紀は俺のシャツの裾《すそ》を掴み、引き留めた。

「あ、亜紀？」

「やっぱり、夜に一人になるのは不安なのよ。もう少し、夕市と話しててもいい？」

凪咲のことを思うと、その申し出を断るべきなのかもしれない。

ただ、亜紀は俺にとって大事な幼馴染でもある。

恋愛感情がどうとかいう話は抜きにして、不安がらせたまま放っておけない。

まして今は、両親とも新型感染症に感染して俺以外頼る相手がいないのだ。

「……わかったよ。適当にテレビでも見て過ごすか」

「ありがと、夕市。我儘言ってごめんね」

家事を完璧にこなしてくれたうえ、勉強も見てもらっている。

このくらいの要望を断るのは、あまりに身勝手だろう。

俺は再度ソファに腰掛けて、適当にテレビを点《つ》けた。


そうして二人で、夜の寝る前の時間をまったりと過ごしていく。

やがて亜紀はうとうとし始め、俺の肩に寄りかかる。

「ほら、寝るなら二階の部屋で寝ろ」

「うぅん……」

少し寝ぼけたような呻きを上げてから、亜紀は続ける。

「このまま、ここで寝ちゃいたいな」

「いやソファなんかで寝たら体を痛めるぞ。ちゃんと布団で寝ろ」

「このまま、っていうのはソファのことじゃなくて」

亜紀は何か言いたそうに俺の顔をじっと見つめる。

しかし何か言いかけた言葉をぐっと飲み込んで、立ち上がった。

「まあいいわ。部屋に戻って寝るね。お休み、夕市」

「あ、ああ。お休み」

ソファのことじゃなければ何だったんだ。

と、考えようとするが俺も眠気を感じ始めた。

テレビを消して自室に戻り、こうして亜紀との二日目が終わった。

◇◇◇◇◇

こうした具合に、亜紀との生活は至れり尽くせりな日々が続いた。

毎食工夫を凝らした美味《おい》しい食事に、掃除や洗濯もお任せ状態。

勉強も見てくれたり、二人でゲームをしたり映画を見たり。

そして何より、亜紀は二の腕や脚が露出した服装で密着してくる。

胸元も無防備なことが多く、何度もどきどきさせられた。

そんな調子で三日、四日と過ごして五日目を迎えた。
この日がちょっとした転機になることは、朝目を覚ました時は知る由《よし》もなかった。

佐柳凪咲《さなぎなぎさ》は、倒れた姉を看病している間ずっと気が気ではなかった。

「うぅ～、ごめんねぇ、凪咲」

「いいからお姉ちゃんは何も考えず、ゆっくり寝てて！」

額に冷えたタオルを置き、玲《れい》に布団《ふとん》をかけ直す凪咲。

ここ数日の看病でだいぶ元気も戻ってきた。

姉の調子が戻れば自分も蔵木《くらき》家にまた行ける、と意気込む凪咲。

（うぅ、でもあと何日かかるの？　それまでに亜紀《あき》ちゃんの猛アタックを受けて、ゆーくんの気持ちが傾《かたむ》いちゃうかも……）

亜紀は凪咲にはっきりと、自分は夕市《ゆういち》にアピールすると宣言した。

実際、気合いの入った料理や家事で夕市を支えているらしい。

そして恐らくは、露出の多い服装やボディタッチで誘惑もしているだろう。

そんな中で、自分はずっと夕市とは離れたまま。

歯痒《はがゆ》さで心には焦《あせ》りが募《つの》るばかり。

(ああ～！　今すぐゆーくんに会いに行きたい！)

と、思っても弱った状態の姉を放ってはおけない。

海外で働く両親に代わって、自分を育ててくれた大切な家族だ。

きっちり元気になるまでは、一緒にいようと心に決めている。

そうしてもやもやしながら看病していると、不意に玲が口を開いた。

「しかし参ったわねぇ。私のせいで、凪咲もSNSで巣ごもりデートを発信できなくなっちゃってるわ。世論操作のためにも、しっかりアピールを継続《けいぞく》したいんだけど……」

「もう、仕事のことなんて考えちゃダメだよ、お姉ちゃん」

「うぅ……。でも私もだいぶマシな感じになってきたし。付きっ切りで看病しなくても大丈夫よ」

「ダメ。完全に元気になるまで、私もこの家にずっといるんだから」

「わかったわよぉ。あーあ、せめてリモートで職場とやり取りできればなぁ」

仕事人間の姉に、呆《あき》れて溜息《ためいき》を吐《つ》く凪咲。

しかしふと、何かを思いついたように目を見開いて手を叩《たた》いた。

「リモート……それだよお姉ちゃん！」

「え？　きゅ、急にどうしたのよ」

「私がSNSで巣ごもりデートを発信すれば、お姉ちゃんも安心できる？」

「そ、そうね。気がかりが一つ減って、落ち着けると思うわ」

「それなら、何とかやってみる！」

凪咲はやる気に満ちた表情で立ち上がる。

「でも蔵木君は自宅にいるでしょ？　互いの家を行き来するのは、緊急事態宣言中は好ましくないわ」

「ふっふっふ、そこは大丈夫。リモートデートをするんだよ」

そう言うと、凪咲は急いで自室へと向かっていった。

「だ、大丈夫かしら……」

不安に思いつつも、寝床で横たわることしかできない玲だった。

◇◇◇◇◇

亜紀と共同生活を始めてから五日目。

朝食を終えて何となくテレビを見ていると、凪咲から着信があった。

「おはよう、凪咲。午前中に電話なんて珍しいな」

『うん。今日はゆーくんをデートに誘おうと思って』

「デート？　玲さんはもう大丈夫なのか？　というか緊急事態宣言中だし、外出はまだまずいんじゃないか？」

『もちろん、私もゆーくんも外には出ないよ。お姉ちゃんも回復はしてきたけど、まだ本調子じゃないしね』

「だったらどうやってデートするんだ？」

俺《おれ》の問いに、凪咲は少し間を置いて自信満々な様子で答えた。

『リモートデートするんだよ！』

「リモート？　つまり、ビデオ通話か何かでするのか？」

『そう！　一緒に顔を見合わせながらお喋《しゃべ》りしたり、お菓子《かし》を食べたりするの。これなら家から一歩も出ないし、私もお姉ちゃんから離れずに済むでしょ』

なるほど。

それなら確かに巣ごもりデートの一環としてＳＮＳで発信もできそうだ。

「わかった。でも、よくそんなこと思いついたな」

『お姉ちゃんがね、這《は》いずってでも仕事に行きたがってて……。せめて私が頑張って、フォロワー数の目標値を早く達成できれば少しは安心してくれるかな、って』

「そ、そうか。確かに更新が滞《とどこお》ると目標達成も難しくなりそうだからな。それじゃあ部屋でパソコン起動してくるから、ちょっと待っててくれ」

『うん！　私もタブレットでビデオ通話の準備しておくね』

「わかった。またすぐに連絡するよ」

俺はいったん通話を切り、自室へ向かおうと歩き出す。

するとふと、背後から気配《けはい》を感じた。

皿洗いをしていたはずの亜紀が、いつの間にかそこにいたのだ。

「ふぅん、今日は佐柳さんと過ごすのね」

「ま、まあそうだな。ごめんな、亜紀」

「SNSから発信するのが二人の仕事だもんね。私のことは気にしなくていいわよ。ご飯ができたら呼ぶから、それまでごゆっくり」

「あ、ああ」

何か圧力を感じてちょっと怖い。

とにかく俺は自室へと急ぎ、パソコンを起動した。

少し待つと画面が立ち上がり、準備完了。

「もしもし、凪咲か？　こっちはいつでもいいぞ」

『私も大丈夫！』

「こっちから招待を飛ばすからちょっと待ってろ」

チャットルームを立ち上げて、凪咲にスマホからメッセージで招待アドレスを送る。

程なくして凪咲が入室し、ビデオ通話が始まった。

『わっ、映《うつ》った！　ゆーくん！　ふえぇ……会いたかったよぉ……』

画面に映った凪咲は、すぐに泣きそうな表情を浮かべる。

ああ、久しぶりに見るとやはり凪咲は本当に可愛《かわい》い。

「そうだな。凪咲も大変だっただろ」

『そうなの！　お姉ちゃんに付きっ切りで看病して、疲れちゃったよぉ』

「今度は自分が倒れないように気を付けてくれよ」

『えへへ、割とそうなりそうで怖いよ……』

そうしてしばらくの間、俺と凪咲は他愛《たわい》無い会話を続ける。

直接会えないのはもどかしいが、互いの顔を見合いながら話せるのは悪くない。

『あっ、そうだ！　飲み物とお菓子用意しなきゃ！　ゆーくんも早く持ってきて！』

「別に無くてもいいんじゃないか？」

『一応、ＳＮＳで紹介するリモートデートなんだから！　見た目にも楽しんでる感を出していきたいの！』

「うーん、そういうものか？　まあ凪咲がそう言うなら。ちょっと待っててくれ」

俺はいったん立ち上がり、台所に向かう。

そこでは亜紀が、せっせと餃子《ぎょうざ》を皮に包んでいるところだった。

「あら夕市、どうしたの？　デートはもう終わり？」

「いや、凪咲が飲み物と菓子を持ってこい、ってさ」

「なら私が用意して持っていくわね。アイスコーヒーと適当なお菓子でいい？」

「そのくらい自分でやるよ。というか悪いな、俺も暇《ひま》だったら包むの手伝ったんだが」

「気にしなくていいわ。コーヒー淹《い》れるのも得意だから、任せてちょうだい」

亜紀は有無を言わさず、皮包みを中断してコーヒーの準備を始める。

当然のように、ドリップ式の手のかかる方を選んでいた。

俺だったらインスタントをお湯に溶かして終わりなのだが。

「……まあ、それならお願いするよ。ありがとう」

「ううん、いいのよ。用意できたら持っていくから、部屋で待ってて」

亜紀の言葉に従って、俺は部屋に戻る。

少し待つと、凪咲が画面にひょっこり顔を出した。

『よっし、準備完了！　あれ、ゆーくん結局用意してないの？』

凪咲はチョコ菓子とマグカップを置きながら、首を傾《かし》げる。

「ああ、俺の分なら亜紀が……」

と、言いかけたところでドアが開き、お盆を持った亜紀がやって来る。

そして俺の前にアイスコーヒーとクッキーを置きながら、画面の方を見た。

凪咲と亜紀の視線がぶつかり合う。

何の錯覚《さっかく》か、一瞬だけ二人の間で火花が散ったような気がした。

「ふぅん、そうやってデートしようとはよく考えたわね」

『ぐっ……ま、まあゆーくんの彼女として、私も頑張らないとね！』

「ま、せいぜい頑張りなさい。邪魔者は退散するわね。夕市、お昼ご飯は美味《おい》しいのを作るから、楽しみにしててね」

そう言うと、亜紀は足早に部屋から出ていった。

何というか、俺が口を挟《はさ》む余地のない張り詰めた空気が漂《ただよ》っていた。

いや気のせいかもしれないが。

『と、とにかくゆーくん！　いっぱいお喋りして楽しく過ごそ！』

「そ、そうだな」

その後、俺と凪咲はのんびりとお喋りをして過ごした。

いつも凪咲とこうして過ごす時は、体をくっつけてイチャつくのが当たり前だった。

それが今は、互いに顔を見合わせながら話すだけ。

どうしても物足りなさを感じてしまう。

凪咲と主に話した内容は、緊急事態宣言が終わったらどこに行くか、である。

『ん～、話してたらゆーくんとお出かけしたくなっちゃったよぉ……。宣言が明けたら、最初はどこに行こうか？』

「問題は、宣言が明けてもすぐどこでも行き放題じゃない、ってところだな。やっぱり俺達の立場上、人混みを避《さ》けてデートしないと」

『やっぱりそうだよねぇ。はぁ、一回何の制限もなくゆーくんと遊びたいなぁ』

凪咲は頬杖《ほおづえ》を突きながら、憂鬱《ゆううつ》そうにチョコ菓子を齧《かじ》る。

俺もコーヒーを啜《すす》りながら相槌《あいづち》を打つ。

というかこのコーヒー、めちゃくちゃ美味いな……。

「しかし凪咲、このリモートデートは明日以降もやるのか？」

『うん、お姉ちゃんが回復するまでは、これでSNSを更新しようかな、って。更新が滞るとフォロワー数の増加が鈍って、注目もされにくくなっちゃうから』

「なるほど。……となると、ちょっと工夫が必要かもな」

『工夫？』

きょとんと首を傾げる凪咲。

何とも可愛らしい仕草《しぐさ》で愛おしくなる。

「今日は、一緒にお喋りをしたっていう内容でSNSも大丈夫だろ。でも、明日、明後日と同じ内容が続くのは単調にならないか？」

『うっ……た、確かに』

「だから、リモートデートで一緒にこんなことをしました！ っていう内容を考えて工夫しないといけない、と思ってな」

『そ、そうだね。どうしようゆーく……』

と、言いかけたところで凪咲はぶんぶんと首を横に振る。

そして目を見開いて、決意に満ちた表情を浮かべる。

『ううん！ ゆーくんに頼ってばかりじゃダメだよね！ 私がその内容を考えるから、ゆーくんは全部私に任せて！』

「え？ い、いやでも二人で考えた方が……」

『いいの！ 私も頼りになるってところを、ゆーくんに見せてあげるんだから！』

うーむ、どうしたものか。

暴走気味に動く凪咲を、俺がフォローして二人でバランスを取る。

俺と凪咲の関係は、だいたいずっとそんな感じで続いていた。

一緒に考えた方がいいと思うのだが。

「本当に大丈夫か？」

『ゆーくんは大船に乗ったつもりでいて！　……私だって、負けないんだから』

「負けない？」

『う、ううん、何でもない！　それじゃ、そろそろお姉ちゃんのご飯を用意するから、いったん切るね！』

「わかった。俺も昼飯の時間が近いし、また後で連絡するよ」

……たぶん、凪咲は亜紀のことを意識しているのだろう。

料理も家事も完璧《かんぺき》で、勉強まで見てくれる。

全部、凪咲が不得意なものだ。

そんな完璧超人の亜紀と自分を比較して、凪咲なりに思うところがあるのだろう。

変わろうとしているのは良いことかもしれないが、無理をしているようにも見える。

「夕市、お昼ができたわ」

言いながら、亜紀が部屋のドアを開ける。

そしてこちらに歩み寄《よ》り、画面に映った凪咲へと視線を向ける。

「佐柳さん、頑張ってるのね。お邪魔しちゃったかしら？」

『う、ううん、午前はもう終わるところだったから平気だよ』

「そう。それじゃ夕市、冷めないうちに早く来て」

そう言うと、亜紀は俺の手を取って引っ張ろうとする。

「お、おい、すぐに行くからそんなに急かさなくても」

「今日のお昼は自信作なのよ。熱いうちに食べて欲しくて」

「そ、そうなのか。すぐ行くからちょっと待って……」

俺はふと視線を感じ、画面に映った凪咲の方を見る。

その目はじとっと湿ったように冷たく、見るからにむくれた表情だった。

「な、凪咲、昼食《く》ったらすぐ連絡するから！　それじゃ、また後で！」

『……美味しいお昼ご飯作ってもらって良かったね、ゆーくん』

凪咲はそう言うと、自分からビデオ通話を切った。

……どうしてこうなるのか。

◇◇◇◇◇

亜紀の手作り餃子は、想像を超える出来栄えだった。

普通の餃子の他に、紫蘇《しそ》餃子、エビ餃子、チーズ入り餃子とバリエーションも豊富。

昼からこんなに豪華でいいのかと思いつつ、完食してしまった。

「いや本当に美味かったな……。ごちそう様」

「お粗末様でした。午後もリモートデートとやらをするのかしら？」

「一応、また凪咲に連絡をする約束はしてるけど……」

「けど、どうしたの？　何だか歯切れが悪いわね」

「凪咲がちょっと頑張り過ぎてる感じがして、心配でな。玲さんの分まで頑張ろうと張り切ってるんだとは思うけど」

亜紀は食器を片付けながら、俺の話を聞く。

そうして皿洗いを始めつつ、ぼそりと呟《つぶや》いた。

「張り切ってる理由は、ちょっと違うと思うけど」

「え？　何だって？」

カチャカチャと皿洗いの音が響き、亜紀の言葉がよく聞こえなかった。

「何でもないわ。こっちは気にせず、佐柳さんとリモートデートしてきなさい」

「いや、皿くらい拭《ふ》くよ」

俺は亜紀の言葉に構わず皿拭きをして、終わってから部屋に戻った。

凪咲にメッセージを送ってしばし待つと、程なくして返信が来る。

『私ももうオッケーだよ！』

とのことなので、ビデオ通話アプリで再び凪咲と通話を開始する。

「これでよし……っと。聞こえるか、凪咲？」

『うん、バッチリ！　午後もまったり過ごそうね、ゆーくん』

「ああ。ところで凪咲、宿題は大丈夫そうか？」

俺の問いに、凪咲はぴたりと完全にフリーズする。

そして気まずそうに、徐々に視線を逸《そ》らしていく。

「おい、まさか……」

『い、いろいろバタバタしてて、その……。まだ何もやってないかも』

もう夏休みも半分近く終わっている。

コツコツ片付けてきた俺でも、まだ結構な量が残っている状態だ。

まして勉強が苦手な凪咲では、さらに時間がかかるはず。

「……今日はリモートデートは中止だ」

『えぇ⁉　そ、そんなぁ！』

「ＳＮＳには午前中の内容で書けるだろ。ここからはリモート勉強会だ！」

『せ、せっかくゆーくんと久しぶりにお喋りできたのに、そんな……』

がっくりと項垂《うなだ》れて、俺に縋《すが》るような視線を向ける凪咲。

その姿があまりに可愛らしく、つい甘《あま》やかしそうになる。

が、今そうするわけにはいかない。

「でも、夜にはＳＮＳの更新で時間もかかるだろ。玲さんの看病も考えると、今しか宿題に回す時間はないんじゃないか？」

『お、おっしゃる通りです……』

「じゃあ、今頑張ろうぜ。俺もフォローするから」

『うぅ……。せめてゆーくんとイチャイチャしながらやりたいよぉ』

「まあ仕方ないだろ。ほら、早く問題集を持ってくる！」

『は、は～い……』


こうして、午後の時間は予定外にリモート勉強会となってしまった。

とにかく凪咲に問題集を片っ端から解かせて、それを俺がフォローする。

途中でお茶を持ってきた亜紀も、それを見て目を輝かせる。

「あら、デートと思いきや勉強してるのね。なら私も手伝ってあげるわ」

『ひ、ひぇ～』

すっかり恒例になった亜紀のスパルタ指導もあり、ひたすらに宿題を続ける凪咲だった。

そのまま夕方近くになると、画面の向こうで凪咲は力尽きて倒れ伏《ふ》した。

『も、もう無理……。頭が回らない』

「ま、このくらいで許してあげるわ。じゃあ私は晩ご飯作ってくるわね」

亜紀は満足げな様子で俺の部屋を後にした。

息も絶え絶えの凪咲は、俺に泣きそうな視線を向ける。

『頑張ったのにゆーくんに撫《な》でてもらえない……。辛《つら》いよぉ』

普段のおどけたような調子とは違う、本当に辛そうな声。

もともと凪咲は寂《さび》しがりで、すぐにくっつきたがる。

今の状況は精神的にきついのかもしれない。

「お疲れ様、よく頑張ったな。明日からも、今日みたいな感じで過ごそう。午前中にリモートデートしてSNSのネタを作って、午後は宿題だ」

『え⁉　しゅ、宿題は今日かなり進めたし、明日はいいんじゃない……？』

「残りの日数を考えると、それほど余裕はないだろ。大人しく言う通りにしろ」

『うぐ……。わ、わかりました。って、何だかお姉ちゃんが呻《うめ》いてる⁉　ごめんねゆーくん、今日はこれで！』

「わ、わかった。頑張れよ」

慌《あわ》てて立ち去る凪咲の後ろ姿を見ながら、俺は通話を切った。
……正直、凪咲は今かなり一杯一杯だろう。
玲さんの看病に専念していればまだしも、リモートのデートに勉強会。
さらにこの後ＳＮＳの更新までしなければならない。
とにかく心配で仕方ないし、どうにか助けになりたい。
俺の頭の中では、凪咲の辛そうな表情が寝るまでずっと離れなかった。

◇◇◇◇◇

翌朝。
起きてまず凪咲のＳＮＳを確認すると、全《すべ》てしっかり更新してあった。
更新の時間は、深夜の一時半。
普段日付が変わる前には寝る凪咲としては、とんだ夜更かしだ。
だが内容はいつもと同じく、しっかりと楽しそうな文章が綴《つづ》られていた。
リモートで勉強をさせられたことも、逆にうまくネタとして利用している。

「あんなに大変なのに、よくここまでしっかり更新したもんだな……」

俺は感心して一人呟く。

このSNSでどれだけ人目を引いて注目されるかが、凪咲の活動の肝《きも》だ。

ここで巣ごもりカップルの過ごし方をできる限りアピールし、影響を与える。

そうすることで、政府の目指すカップル像を定着させていくのだ。

「夕市、そろそろ起きて！　朝ごはんが冷めちゃうわ」

亜紀の声が聞こえて、俺はベッドから起き上がる。

あまりのんびりして午前中の貴重な時間を無駄にはできない。

俺は素早く着替えて、食卓へと急いで向かった。


今日の朝食は和風で、ご飯に味噌汁《みそしる》と塩鮭、それに野菜の浅漬けだった。

こういう落ち着く感じの朝食も、とても良いものだ。

「ねえ夕市、今日も一日中佐柳さんとリモートで過ごすの？」

「たぶんな。凪咲は目を離すと勉強サボりそうだし……」

俺の返事に、亜紀はしばらく黙ったまま朝食を口に運ぶ。

やがて何か意を決したかのように、顔を上げた。

「夕市」

「な、何だよ?」

「私もね、夕市と一緒に過ごす時間が欲しい」

「え⁉」

意外な言葉に俺が驚くと、亜紀は咳《せき》ばらいをして慌てた表情を見せる。

「だ、だって昼間、家の中でずっと一人は、退屈だし……。暇つぶしの相手になってよ」

「そ、そういうことか。確かにまあそれはそうだが……」

ただ、凪咲と過ごす時間を削って亜紀と過ごす。

それはどうしても単なる暇つぶし以上の、重い意味を持つような気がした。

「……考えさせてくれ」

俺はそう答えるのが精一杯だった。

「ええ、構わないわ。待ってるわね」

亜紀は落ち着き払った様子で、しかしどこか不安そうな表情を浮かべていた。

おそらく亜紀にとっても、やはり俺の答えは重要なのだろう。

「……っと、そろそろ準備しないと凪咲を待たせちまうか」

急いで朝食を平らげると、俺は自室へ向かった。

◇◇◇◇◇

ビデオ通話アプリを準備して、凪咲にメッセージを送る。

数分待つと、チャットルームに凪咲が入室した。

『ご、ごめんねゆーくん！ ギリギリまで寝ちゃってて』

画面に映った凪咲は、表情に疲れの色が見えた。

「大丈夫か？ 疲れてるなら無理しなくても……」

『ううん！ ちょっと寝不足なだけで全然平気！ さっ、リモートデート開始だよ』

笑顔で言う凪咲。

「わかった。で、今日のリモートデートは何をするんだ？」

『やっぱりデートと言えば、ショッピングでしょ。というわけで、二人でオンラインショップを見ながらショッピングとかどうかな？』

「なるほど、そういう発想もあるのか。何を買う？」

『やっぱり服かな。次二人で会えた時にお互いがそれを着てくれれば、ＳＮＳでも映《は》えそうだし』

よくもまあ考えつくものである。

「じゃ、画面共有するから同じページを見ながら買い物するか」

『ありがと、ゆーくん。ちなみに代金はお姉ちゃん持ちだから、お値段は気にせずガンガン買っちゃっていいよ！』

「……まあ、高校生が自分で買うような範囲で抑えような」


俺はオンラインショッピングのサイトを開き、その画面を凪咲と共有する。

『えへへ、何を買おっかな～』

時期的に、夏物と秋物の衣服がリストに並んでいた。

他にもバッグやアクセサリといった小物類も豊富。

「凪咲はどんなのが欲しいんだ？」

『う～ん、ゆーくんに可愛いって思ってもらえる物がいいな』

またえらく大雑把《おおざっぱ》な。

そもそも凪咲自身が可愛いのだから、何を着ても可愛くなる。

「もうちょっと絞り込んでくれよ。服かアクセサリか、夏物か秋物とかさ」

俺は言いながら、ショップのリストをゆっくりとスクロールさせていく。

『そうだね～……。あっ、ちょっと止めてゆーくん！』

「ん？　何か気になる物でもあったか？」

画面には、夏物の衣服類が並んでいた。

『右下のところ……。浴衣《ゆかた》コーナーを見てみたいな』

浴衣。

そう来たか。

確かに俺も凪咲の浴衣姿は凄《すさ》まじく見てみたい。

「浴衣が欲しいのか？」

『……私、この夏休みにしたいことたくさんあったの。中でも一番は、浴衣を着てゆーくんとお祭りを回りたかったんだ』

「祭りか……。でも今年はほとんどの祭りは中止だろうし、緊急事態宣言中だからな。まず玲さんの許しも出ないだろうな」

『そ、そうだよね。あはは、浴衣なんて買っても無駄になっちゃうよね。やっぱり別の物にしよっかな』

凪咲は残念そうな表情で言う。

それを見ると、俺は自然に口が動いた。

「いや、浴衣を買おうぜ」

『え？　で、でも……』

「今すぐ着る機会はなくても、いつそういうチャンスが来るともわからないだろ。一着持っておいて損はないと思うぞ」

『そ、そうかな?』

「ああ。もしかしたら急に新型感染症の流行が収まって、着る機会が来るかもしれないぞ」

俺の言葉に、凪咲も笑顔を取り戻していく。

『そうだよね！　それじゃあゆーくん、私に似合いそうな浴衣を選んで！』

「え、俺が⁉」

『うん。それが今一番私の欲しい物だから』

いきなり凄まじい難題を突きつけられてしまった。

無数にあるオンラインショップの浴衣の中で、一着を選び出せと。

値段は思ったより手ごろで、一万円とちょっとくらいのものがメインだ。

「な、なあ凪咲。せめて好みの色とか模様は無いのか？　それがわかれば、選択肢を絞り込めるんだが」

『だーめっ。ノーヒントでゆーくんに選んでもらいます』

そんな……。

仕方がないので、俺は開き直って自分の好みで選ぶことにした。

頭の中で、凪咲の浴衣姿を妄想《もうそう》する。

やっぱりある程度華やかな柄がいいな。

基調になる色は、主張し過ぎない白地のベースがいいだろう。

『ふふ、必死に考えてるゆーくん可愛い♡』

「う、うるさいな。よし、決めたぞ。これでどうだ？」

俺が選んだのは、白地に紫陽花《あじさい》の模様をあしらった浴衣。

凪咲はそれを見ると、にっこりと笑顔を浮かべた。

『可愛い！　決まりだね。じゃ、買っちゃおう！』

購入手続きに進み、届け先を凪咲の家にして購入完了。

『じゃ、次は私がゆーくんの分を選ぶね』

「え、俺は別に……」

『ダメだよ、もしお祭りに行けるようになったら、一緒に浴衣で歩くんだから！』

「ま、まあ凪咲がそう言うならいいけど」

こうして今度は凪咲が俺の浴衣を選ぶ番となった。

しかし凪咲は俺のように悩まず、紺色の渋い模様の物に即決した。

『ゆーくんにはこういう渋い柄が絶対似合うよ！』

「そ、そうかな……？」

『絶対そうだって！　あ～、早くゆーくんの浴衣姿が見たいよ～』

完全にこっちのセリフである。

ただ少なくとも、今年の夏は無理そうではあるが。

とにかくこうして、オンラインでのショッピングデートは一段落した。

正直、思ったよりもかなり楽しく過ごすことができた。

やはり凪咲と一緒なら、大概のことは楽しくなるのだと再認識する。

「で、まだ少し時間があるけど他に何か買うか？　……凪咲？」

ふと見ると、画面の凪咲は目を閉じてうつらうつらとしていた。

やはり、寝不足や疲れも溜《た》まって大変なのだろう。

この調子では午後オンライン勉強会をするのも無理そうだ。

「凪咲」

『ん……ふぇっ⁉　ご、ごめんゆーくん！　デート中に寝ちゃうなんて、私最低だよ……』

「いや、そんなことは気にしなくていい。今日はもう休め。午後の勉強会も中止にしよう」

俺の言葉に、凪咲はぶんぶんと首を横に振る。

『ううん、大丈夫。今は頑張りたいの。べ、勉強会もちょっと嫌だけど、頑張るから』

俺から見ても、かなり無理しているのがわかる。

何が凪咲をここまでさせているのか。

「どうしてそんなに頑張るんだ？　無理をして体調を崩したら元も子もないぞ」

俺の言葉に、凪咲はじっと画面越しにこちらを見つめる。

そしてしばらく躊躇《ためら》うように沈黙《ちんもく》を挟んでから、口を開いた。

『……不安だったの』

「不安？」

『亜紀ちゃんって、何でもできるでしょ。家事も勉強も完璧で、お料理も凄く上手。そのうえ美人だし、私には無い魅力が凄くいっぱいあると思う』

「な、何で急に亜紀の話になるんだ？」

『亜紀ちゃんと一緒にいて、ゆーくんが私より好きになっちゃうかも、って不安だったの。だからゆーくんの気を引くために、リモートデートを考えたんだ』

……俺は馬鹿《ばか》だ。

凪咲の気持ちを深く考えず、正直亜紀にデレデレしていた部分もあった。

『それに、私はいつもゆーくんに頼ってばかりだった。亜紀ちゃんに負けないよう、一人でもしっかりいろんなことができるようになりたくて。それで、頑張ってたんだ』

「そうだったのか……。すまない凪咲、何も気付けなくて」

『ううん、ゆーくんは悪くないよ。でも、やっぱりちょっと疲れちゃったな。ゆーくんに会いたいなぁ』

ようやく凪咲の口から、ぼそりと弱音が零《こぼ》れ落ちた。

その一言が、俺の心を突き動かした。

やっぱり俺は凪咲のことが誰《だれ》よりも好きだ。

心の底から、凪咲の力になりたい。

「凪咲」

『な、何？』

「今からそっちに行く」

衝動的に言葉が溢《あふ》れていく。

『え!? で、でも緊急事態宣言中だし、家にいた方が……』

「凪咲の力になりたいし、何よりも俺が今凪咲に会いたいんだ」

その言葉に、凪咲は困り顔を浮かべつつも泣きそうな声を出す。

『……いいの？ またゆーくんに頼っちゃって、呆れられちゃわない？』

「俺は凪咲に頼ってもらうのが、何よりも一番の幸せなんだ。だからあんまり一人で抱《かか》え込まないでくれ」

凪咲はしばらく黙ったまま、瞳《ひとみ》に薄《うっす》らと涙を溜めていた。

そしてそれを指で拭《ぬぐ》いながら、声を絞り出した。

『うん……。助けて、ゆーくん』

「任せてくれ。今すぐ行く」

俺はビデオ通話を切ると、手早く身支度《みじたく》を済ませていく。

そして居間に向かい、掃除をしていた亜紀に声を掛ける。

「亜紀、悪いけど……」

と、言いかけると亜紀は掃除を中断して俺の言葉を遮《さえぎ》った。

「佐柳さんのところに行くの？」

「な……。ど、どうしてわかったんだよ」

「何となく、そうなるかなって予想してたから」

「……ごめんな、一人にして。暗くなる前には必ず帰るから」

俺はそう伝えて、玄関へと歩き出す。

しかし次の瞬間、亜紀は俺の服の裾《すそ》を摑《つか》んで引き留めた。

そして俯《うつむ》いたまま、絞り出すような声で言う。

「……行かないで、夕市」

俺はしばらくの間、黙ったまま立ち止まる。

正直に言って、亜紀は凄く魅力的だ。

もしも亜紀と付き合えば、ここ数日のように甘く快適な日々を過ごせるだろう。

勉強で引っ張ってもらえるし、家事も任せられる。

凪咲とは違う亜紀の魅力があると、俺はよくわかっている。

もし、ここで亜紀の言う通りにしたら。

凪咲とは別れて亜紀と付き合うことになるだろう。

俺は今、それを選ぶことができる。

そう考えていると、ふと亜紀がそっと俺の体を後ろから優しく抱《だ》いた。

「亜紀……。俺は……」

その次に絞り出す言葉を、俺は頭の中で必死に探す。

だが思い浮かぶのは、凪咲の辛そうな顔ばかり。

俺は腰に回った亜紀の手をそっと取り、体から離す。

「……ごめんな。本当に、ごめん。お前には散々世話になって、借りも作っておきながら。でも、凪咲は俺の彼女なんだ。辛そうにしてるのを放っておけない」

亜紀の手から力が抜けていく。

俺はそのまま振り返らないようにして、靴を履《は》き玄関を後にした。

◇◇◇◇◇

途中スーパーで買い物を済ませてから、凪咲の住むマンションに向かう。

緊急事態宣言中と言っても、駅前やスーパーの中は案外人がいる。

とはいえパン屋や書店など、宣言中のため休業している店も目につく。

そんな街並みを尻目《しりめ》に、俺は凪咲の元へと急ぎ足で歩いた。

到着してエントランスで呼び出すと、程なくして凪咲の声が響く。

『ゆーくん？　今開けるね』

「ああ、頼む」

すぐに入口が開き、最上階角部屋の佐柳家へと向かう。

エレベーターで最上階に着くと、既に凪咲がドアを半開きにして待ち構えていた。

「ゆーくん……」

「何だか随分《ずいぶん》久しぶりに感じるな。お邪魔しま……っと」

中に入ると同時に、凪咲が勢いよく抱きついてくる。

俺は危うく買い物袋を落としそうになりつつ、凪咲の背中を手でぽんぽんと叩く。

「うぁぁん……会いたかったよぉ」

「俺もだ」

そうしてしばらくくっついていると、奥から玲さんの声が聞こえてくる。

「あ、あの～。そろそろ私もそっちに顔出していい？」

俺と凪咲は慌てて体を離し、気まずそうに苦笑する。

「す、すみません玲さん。もう大丈夫です」

そう言うと、玲さんが自室からひょっこり顔を出した。

「ごめんねぇ、蔵木君。私が虚弱なばかりにいらない苦労を掛けて……」

「いえ。体調はどうですか？」

「まあだいぶ回復してきたよ。明日にでも医者に診《み》てもらって、許可が出れば復帰するつもりだよ」

「そうですか。玲さんのことだから、万全でなくても仕事に行っちゃうんでしょうけど」

「うっ……。だ、だって今が一番忙しい時期だし」

やはり予想通りだ。

「とりあえず今は、少しでも寝て体を休めてください」

「うん、そうするね～」

玲さんはひらひら手を振ると、そのまま部屋に籠《こも》る。

それを見届けると、凪咲が俺の手元の買い物袋を見ながら口を開く。

「何だかいっぱい入ってるけど、そんなに何を買ってきたの？」

「俺が凪咲にできることは何か、って一生懸命考えたんだけどさ。まずは玲さんがまた倒れないようにサポートするのがいいかと思って」

言いながら、俺は佐柳家奥のキッチンルームに向かう。

そして買ってきた食材をずらずらと並べていく。

「わ、何だか凄いね」

「これで当分の、栄養が摂れる保存食を大量に作る」

「な、なるほど！　私も何か手伝おっか？」

「いや、凪咲も今日は休め。勉強も明日から頑張ればいい」

「じゃ、じゃあお言葉に甘えちゃうね。先に午前中のリモートデートのことだけ、ＳＮＳにアップしちゃおっと」

凪咲はタブレットを持ってきて、食卓の椅子《いす》に座り編集をはじめる。

「自分の部屋でしないのか？」

「うん、ゆーくんを見ながらやりたくて」

「そ、そうか。まあ好きにしてくれ」

俺は大量の野菜を刻み、肉塊《にっかい》を茹《ゆ》で、次々に調理を進めていく。

その間、凪咲はタブレットを操作しつつ、こちらを眺めてにやにやと笑う。

「な、何で笑うんだよ」

「ふふふ、頼りになるなぁ、って思って」

そう思ってもらえるなら光栄この上ない。


俺が作るのは、とにかく日持ちして栄養も摂れる、常備菜の数々だ。

大きな瓶《びん》にたっぷりと様々な野菜を詰め込んだ自家製ピクルス。

でかい豚ロース塊肉《かたまりにく》の煮豚。

さつま芋《いも》の甘露《かんろ》煮、蒟蒻《こんにゃく》の煮物、茄子《なす》とカボチャの揚げ浸し。

さらに炊飯器で米も大量に炊いて、一食分ずつを小分けに冷凍した。

冷蔵庫の中いっぱいにそれらを整理して詰め込んでいく。

気付くと、凪咲は食卓に突っ伏してすぅすぅと寝息を立てていた。

この寝顔がまた凄まじい破壊力の可愛らしさである。

「ふぅ……。これで全部できたかな」

食器も洗い終えてから、俺は玲さんの部屋の前で声を掛けた。

「玲さん、少しいいですか?」

「はいよー、どうかした?」

玲さんはぼさぼさの髪を手で整えながら、部屋から出てくる。

相変わらずの芋《いも》ジャージ姿。

「常備菜を大量に作って、冷蔵庫に入れておきました。冷凍庫にはご飯も冷凍してあります。むこう一週間くらいは、温《あたた》めるだけで食事には困らないと思います」

玲さんは冷蔵庫を開けて中を確認すると、歓喜の声を上げた。

「うひょー、マジで助かるよぉ。ありがとうねぇ……」

「いいですか、もう職場に泊まり込むようなことはやめてください。ちゃんと家に帰って食事をとって、しっかり睡眠時間も確保してくださいよ」

「うぐ……。返す言葉もございません。まあ、体調崩して何日も休んじゃったら余計仕事が滞るからね。私も今回のことで学んだから大丈夫！」

「お願いしますよ……。凪咲も本当に玲さんのことを心配してたんですから」

「凪咲には苦労を掛けちゃったねぇ。この子、能天気に見えるけど責任感が強いから」

「そうですね。本当に頑張ってましたよ」

と、二人で見ていると凪咲はもぞもぞ動いてから目を覚ます。

「んん……あれ、私寝ちゃってたの？　って、二人して私を見つめてどうしたの⁉　何だか気持ち悪いよ！」

「悪い悪い。ほら、こんな所よりも部屋に戻ってゆっくり休もう」

◇◇◇◇◇

帰るまでの残り短い時間、凪咲は俺とひたすらくっつきたがった。

ソファに並んで座り、体をくっつけてまったりと過ごす。

凪咲の柔らかな体が、ほんのり甘い香りがとても懐かしく感じる。

「はー……。不足してたゆーくん成分が満たされていくよぉ……」

「こ、こんなことよりちゃんと寝て休んだ方がいいんじゃないのか？」

「ううん、私はもう大丈夫。ゆーくんに会えて疲れなんて吹き飛んじゃったよ」

「本当にそうならいいんだけどな」

そう言いつつ、俺も凪咲の肩に手を回して抱き寄せる。

凪咲も俺の肩に頭を乗せて、さらにくっついてくる。

そんな甘い時間を二人でゆっくり堪能《たんのう》し続けた。


「さてと、そろそろ俺は行かなくちゃ」

「えーっ！　もっと一緒にいたいよぉ」

俺の腕《うで》を引っ張って帰すまいとする凪咲。

「亜紀を家に一人で放っておけないだろ。暗くなる前に帰る、って約束してるんだ」

「う……た、確かにそうだね。今日はありがと、ゆーくん」

諦《あきら》めた凪咲は俺の手を離すと、軽く背伸びをして頬《ほお》にちゅっと口付けをする。

俺はうっかり鼻の下を伸ばしそうになってしまう。

が、必死に平静を装って凪咲の部屋を後にする。

「常備菜は大量に作ってあるから、今日の晩飯にも使ってくれ」

「うん、そうさせてもらうね！　ここ何日かはずっとレトルトと冷凍食品で過ごしてきたから、嬉《うれ》しいな」

「もっと早く来ておけば良かったな……。まあとにかく、俺は行くよ」

「うん！　気を付けてね！」

凪咲に見送られてマンションを後にする。

夏で日が長いものの、急がないと暗くなってしまう。

俺は大急ぎで駅に向かい、我《わ》が家へと急いだ。

◇◇◇◇◇

帰り着いたのは、空が薄らと暗くなりかけた頃《ころ》だった。

「お帰りなさい、夕市」

ドアを開けると、亜紀が台所からひょっこり顔を出した。

「ただいま。遅くなって悪い」

「まあ、ギリギリ暗くなる前には間に合ってるし。もうすぐ夕食ができるから、早く手を洗ってきてちょうだい」

台所からは香ばしい匂《にお》いが漂ってくる。

覗《のぞ》き見ると、見るからにうまそうなローストビーフが用意してあった。

「うお、凄いな。今日はまた随分豪華なんだな」

「そうね。今日までお世話になったお礼に、腕を振るってみたの」

「……今日まで？」

俺が首を傾げると、亜紀は落ち着いた様子で答える。

「夕市のいない間、お母さんから連絡があったの。明日で療養が終わって、家に帰ってくるんだって」

「そうなのか？　うちの父さんはまだ帰れないみたいだけど……」

「無症状の人と、症状が出た人では療養期間が違うみたいね。お母さんは熱も咳も出なくて、体調はずっと良かったらしいから。お父さんは熱が出たから、まだだけど」

「へぇ、そういうものなのか」

「ええ。今日改めて検査をして陰性だったから、明日で退所なんだって。とにかく無事に帰ってきてくれて、本当に良かった」

亜紀は心から安堵《あんど》したような表情で、胸《むね》に手を添《そ》える。

俺も本当に無事で良かったと思う。

あとは亜紀の父さんとうちの親父《おやじ》も無事に帰ってくるのを待つばかりである。

「とにかく夕市、早く手を洗ってきて」

「ああ、そうだったな」


俺はうがいと手洗いを済ませると、食卓に向かう。

亜紀はローストビーフを綺麗《きれい》に切り分け、マッシュポテトも添えて盛り付ける。

「まあ……私としても正直いいタイミングだったかな」

不意に亜紀がそんな言葉を漏《も》らす。

「……す、すまん」

「あら、でも私そんなに気にしてないわ。夕市に振られたのは二度目だし」

一度目は、以前凪咲と別れそうになった時のことだろう。

玲さんのプロジェクトを、亜紀と俺で続ける選択肢があった。

ただその時も、俺は凪咲と付き合い続けることを選んだ。

亜紀の気持ちに応《こた》えられないのが、本当に申し訳ないと思う。

「大丈夫、私は焦ってないもの。さ、きっと美味しいから食べて、夕市」

亜紀に促されて、俺はフォークを手に取る。

「い、いただきます」

やや気まずい空気の中、火の通し加減が絶妙なローストビーフを一口。

柔らかい肉を噛《か》み締《し》めると肉汁が溢れ出す。

「どうかしら？　美味しい？」

「あ、ああ……。もはやレストランの味だろ、これ」

「そう、良かった。頑張って作った甲斐《かい》があったわ」

亜紀はとても嬉しそうに、にっこりと俺に笑みを向けた。

「さ、どんどん食べて。夕市も私の料理はいったん食べ収めなんだから」

いったん、という言葉は気になるがそれはさておき。

ローストビーフにはグレイビーソースとわさび醤油《じょうゆ》が用意され、飽きずに食べられる。

脇《わき》のマッシュポテトやコンソメスープまで本当に絶品だった。

「ふー……。ごちそう様」

全て食べきる頃には、すっかり腹一杯になっていた。

「……ねえ、夕市」

ふと亜紀が何か改まった様子で口を開いた。

「何だ？」

「夕市は私に一つ貸しがあるわね。ケーキ作りで協力した時の分が」

「そ、そうだな。それがどうかしたのか？」

「この後、その貸しを使わせてもらうわ」

「え⁉」

唐突な申し出に、俺は戸惑ってしまう。

それに構わず亜紀は言葉を続ける。

「今夜、一時間だけ私に時間をちょうだい。その間だけ、夕市を私の好きにさせて」

「す、好きに⁉　いやその、具体的に何をするつもりなんだ？」

「……恋人ごっこ。私もちょっとだけ、佐柳さんの気持ちを味わってみたくて。もちろん夕市が困るようなことはしないわ」

「い、いやでもその、それは……」

「貸しを行使するんだから、拒否権はないわよ。私は夕食の片付けをするから、それが終わったら開始ね。夕市はお風呂《ふろ》にでも入ってきて」

有無を言わさず立ち上がり、食器を片付け始める亜紀だった。


「恋人ごっこ、って……。亜紀のやつ急にどうしたんだよ」

風呂を出て、髪を拭きながら俺は一人呟く。

そして居間に向かうと、亜紀がソファに腰掛けていた。

「さ、夕市こっちに来て。今から一時間ね」

どうやら本気らしい。

正直、凪咲のことを思うと断るべきかもしれない。

しかし亜紀に貸しがあるのもまた事実。

それに、本音を言うと少しだけ胸がどきどきとしていた。

「お、お手柔らかに頼むぞ……」

俺は観念して、亜紀の隣に腰掛ける。

すると亜紀は俺の体にぴったりと肩を寄せて密着した。

そのまま数秒の間、沈黙が流れる。

「……さ、佐柳さんとは普段どんな風にイチャついてるのよ」

頬を赤らめた亜紀が尋《たず》ねる。

「どんな風って、そうだな……。手を繋《つな》いだり、肩を抱き合ったり、腰に手を回したりいろいろだよ。凪咲が俺の腕を抱いたり、膝枕《ひざまくら》もしてくれるな」

「ふむ。それじゃあ全部やるわよ！」

亜紀は俺の手をきゅっと握り、指を交互に絡《から》める。

恥ずかしそうに俯いたその顔は、正直とても可愛らしい。

「あ、あのさ、亜紀。あんまりイチャつくと凪咲に申し訳ないというか……」

「佐柳さんには、絶対に言わない。……ただ、夕市が本当に嫌なら無理に続けないわ」

繋いだ手の力を少しだけ緩める亜紀。

俺は小さく溜息を吐くと、その手を強く握り返した。

亜紀ははっと目を見開いて、俺の方を見る。

「まあ、これで貸し借りは無しだからな」

「……ふふ、やっぱ夕市は優しいのね」

亜紀の綺麗な顔が、俺のすぐ近くまで来る。

こちらから少し顔を近付ければ、キスできてしまうほどに。

……いや。おそらくキスどころか、押し倒しても亜紀は拒まないだろう。

そしてそうなっても、亜紀はきっと凪咲に何も言わない。
だったら、いっそ欲望に身を任せてそうしてしまうか？
亜紀の短いスカートから覗く太ももが、やけに艶《なま》めかしく見える。
唇《くちびる》は艶やかで柔らかそうで、赤みを帯びたその表情も大人びている。
俺はごくりと唾《つば》を飲み、胸をどきどきと高鳴らせていく。
「……どうしたの、夕市？　したいことがあれば、していいわよ」
亜紀もおそらく、俺のそうした思考を見抜いたのだろう。
こちらに体重を預けて、じっと俺の反応を待つ。
俺の頭の中では、天使と悪魔が激闘を繰り広げる。
理性と欲望の激しいせめぎ合い。
「い、いや。別に」
最終的に辛《かろ》うじて、理性が勝利を収めた。
だがその後も、亜紀は俺に積極的にくっついて理性を揺さぶってくる。
俺はひたすらにその誘惑と戦い続けねばならなかった。
そうして俺と亜紀は、静かな居間で体を寄せ合ってイチャついた。
肩や腰に互いの手を回してくっつき合い、腕や脚を密着させたり。

膝枕してもらったり、逆に亜紀が俺に膝枕されたりもした。

やがてイチャイチャし続けるうちに、一時間が経《た》とうとしていた。

亜紀は最後のスパートとばかりに、俺の腕をぎゅっと抱く。

「ねえ夕市」

「……何だ?」

「夕市さえ良ければ、一時間過ぎてもずっとこうしてていいわよ」

亜紀の言葉に、俺の心がまたも大きく揺らぐ。

こんなに綺麗な幼馴染《おさななじみ》が、ここまで心を許してくれている。

凪咲に内緒にしてくれるのであれば、それもいいのではないか――。

と、心の中で悪魔が囁《ささや》きかける。

だがそんな囁きも、頭に浮かんだ凪咲の笑顔がかき消してしまう。

やはり俺は、凪咲のことが好きだ。

「最初に決めた通りだ。一時間で終わりにしよう」

「……そう。わかったわ」


ちょうど一時間経過すると、亜紀の方からすっと離れる。

「さっ、今の一時間のことはもう忘れちゃった! 私と夕市はまた腐れ縁の幼馴染同士。それでいいわね！」

「あ、ああ。わかった」

亜紀は立ち上がり、二階へと姿を消していく。

……何というか、凄い切り替えの早さである。

俺なんてまだドキドキしっ放しだし、亜紀の体温もこの体に残っている。

「……すまん、凪咲」

罪悪感に苛《さいな》まれて一人呟きつつ、自室に戻った。

◇◇◇◇◇

その日の夜中。

真鍋《まなべ》亜紀は蔵木家二階の小部屋で、一人身悶《みもだ》えていた。

「ああああっ、ゆ、夕市とあんなにイチャイチャしちゃった……。はぁ、幸せ。い、いやでもあそこまでしても、夕市は私に手を出さなかった。結構覚悟してたのに……」

自分のできる限りの努力をしたつもりだった。

どうすれば思春期の男子の心を摑めるか、必死に調べて作戦を立てた。

普段誰にも見せないような服を着て、自分なりに精一杯誘惑もした。

先程はなりふり構わず強引《ごういん》にイチャついて、全力で気を引こうとした。

実際、夕市の心が揺らいでいたという確信もある。

それでも、一歩及ばなかった。

「そうだわ、いっそ今夜にでも夜這《よば》いをするという強硬手段に……」

と、一人呟いてから首をぶんぶんと横に振る。

「それで断られたら、もう二度と口もきけなくなるじゃない！　だ、だいたい私だってそんな経験ないのにさすがに無理だわ」

万策尽きて、布団の上にどっかりと倒れ込む亜紀。

とはいえ、今回は自分の魅力を精一杯アピールできた、とも思う。

「また次よ……。次にチャンスが来た時こそものにすればいいわ」

そう言って、亜紀はぐったりと脱力して目を閉じる。

そのまま寝てしまおうかとも思うが、自然と手がスマホに伸びていく。

そして電話を掛けた先は。

『あ、亜紀ちゃん⁉　こんな時間にどうしたの？』

佐柳凪咲の番号だった。

亜紀は自分でも、なぜ彼女に電話したのかよくわからなかった。

「……一応、あなたには伝えておくわね。お母さんが療養施設から戻ってくるから、私は明日で家へ戻るわ」

『え、そうなの？　亜紀ちゃんのお母さんが無事で本当に良かったたぁ……』

他人事のはずなのに、心から安堵したような凪咲の声。

自分にはこういう所が足りないのかな、と一人思う亜紀。

「無症状だったら少し早く出られるらしいわ。夕市のお父さんはあと二、三日はかかるでしょうけど」

『そっか。皆無事に戻ってくるといいなぁ』

「それから、今回も夕市はあなたを選んだみたいね」

亜紀の言葉に、凪咲は一瞬黙り込んでしまう。

『え、えっと、それって……』

「私も結構頑張ったのよ。ご馳走《ちそう》を作って、家事も完璧にこなした。かなり露出の高い服で肌を見せて、あなたに負けないくらい体もくっつけたわ」

『あ、亜紀ちゃん⁉』

「正直、けっこう惜しい所までは行けたと思う。でも、やっぱり最後に夕市が選んだのはあなた。はぁ……。私に何が足りないんだろ」

気付くと、亜紀は涙声になっていた。

どうして恋敵《こいがたき》である凪咲にここまで言ってしまったのか、自分でもわからなかった。

『亜紀ちゃんよりも、私の方がよっぽど足りないことだらけだよ』

凪咲がぽつりと呟いた。

『それでも、ゆーくんを想《おも》う気持ちだけは負けない自信があるよ！』

「はぁ？　何言ってるの、佐柳さん。こちとら小学校低学年の時からあいつのことを想ってるのよ。年季が違うの！」

『ひえぇ……怖いよ、亜紀ちゃん』

「私はこれからも、隙《すき》があればあなたから夕市を奪うつもりなんだから。せいぜい油断しないことね！」

そう告げると、亜紀は一方的に通話を切った。

そしてスマホを放り投げ、枕《まくら》に顔を埋める。

「あぁ……。私は何を言ってるのよ……」

その場の熱量に任せて吐き出した言葉を、早くも後悔する亜紀だった。

そうして、真鍋亜紀の蔵木家最後の夜は更けていった。

第四章

凪咲の帰還、そして緊急事態宣言の終了

CAPTER 04

kanojyo no Social distance ga chikasugiru

翌朝。

亜紀《あき》はいつもと全く変わらず、先に起きて朝食を準備していた。

「おばさんは今日の何時頃《ごろ》帰ってくるんだ？」

俺《おれ》は朝食のピザトーストを齧《かじ》りながら尋《たず》ねる。

「午前中には療養施設を出るらしいから、昼前くらいかしら」

「そうか。しかし、症状が出なくて本当に良かったなあ」

「自宅に帰る前に、蔵木《くらき》家に寄《よ》りたいそうよ。お礼が言いたいんだって。その時に私もお母さんと一緒に帰るわね」

思い返せば、亜紀と暮らした数日は本当に快適そのものだった。

料理は毎食うまいし、面倒な家事も率先してやってくれた。

正直、元の生活に戻るのがちょっと残念ではある。

亜紀は俺より一足先に食事を終えると、手際《てぎわ》良く皿を片付けていく。

「ギリギリまで、家事は片付けておくわね」

「いや、さすがに気にしなくていいぞ。自分の荷物を片付ける時間も要るだろうし」

「夜のうちに済ませちゃったわ。まあ、家賃代わりだと思って遠慮《えんりょ》はいらないわ」

「そ、そうか」

せっかくなので、俺もその厚意に甘《あま》えることにした。


朝食を終えると、午前中はまた凪咲《なぎさ》とのリモートデートである。

接続が完了して画面に凪咲が映《うつ》ると、早速元気そうに声を上げた。

『ね、ゆーくん聞いて聞いて！　今日お姉ちゃんが、お医者さんに診《み》てもらいに行くの。それで大丈夫だったら、明日からお仕事に戻れるんだって！』

「そっか、とりあえず良かったな」

『うん。でね……その間、また私はゆーくんの家で過ごして欲しいんだって。引き続き、巣ごもりデートのSNS上の発信を継続《けいぞく》して欲しいみたい』

「おお、そうなのか。楽しみだな」

『えへへ、私も。そうなると、リモートデートは今回で最後かもね』

昨日の玲《れい》さんの様子からして、恐らく仕事復帰もオーケーとなるだろう。

となると、凪咲の言う通りリモートデートもこれが最後か。

これはこれで、独特の楽しさはあったのだが。

「そうだな。やっぱり、直接触れ合える場所でデートするのには敵《かな》わないな」

『よーし、最後のリモートデート、気合い入れて頑張ろうね！』

「おう。で、具体的に何するんだ？」

『えっと……何しようか？』

考えてないんかい！

「てっきり凪咲がまた考えてるとばかり……」

『いやぁ、その……やっぱりゆーくんに頼っちゃおうかな、って』

まあ昨日、格好つけてそんなことを言ってしまったのは事実。

「よーし、わかった。それじゃあ今日は何をするか考えるところからだな」

『うん！』

「昨日はショッピングだったし、それとは毛色の違うことがいいな。例えば……」

俺と凪咲はこうして、あれこれとアイディアを出し合いはじめた。


考えた結果選ばれたのは、とあるオンラインゲームだった。

いわゆる箱庭ゲーというジャンルのもので、協力プレイできるのが主な理由。

素材を集めて、道具を作り、ブロックを積み重ねて自由に遊べるゲームだ。

これが思いの外面白《ほかおもしろ》く、二人ともハマってしまった。

『わーっ、ゆーくん、何か変なのが襲ってきた！』

「それはゾンビだ！　攻撃して倒せ！」

『怖いよぉ！　いやあああぁ』

「ああもう……俺が倒すからそのまま逃げていいぞ」

といった感じに、凪咲をフォローしながらプレイしていく。

ひとまず家を建てることを目的に、コツコツと素材を集める。

その間にもちょくちょく敵が襲ってくるので程よい緊張感もある。


気付けばあっという間に、昼飯時に近い頃になっていた。

「もうこんな時間か……ん？」

不意にピンポン、と家の呼び鈴が鳴り響く。

おそらく亜紀の母親だろう。

「凪咲、午前中はここまでな。また一時間後くらいに集合しよう」

『はーいっ！　また後でね！』

いったんゲームを中断し、玄関先へ急ぐ。

ドアを開けると、予想通り亜紀の母親が待ち構えていた。

「夕市君《ゆういち》、今日まで亜紀の面倒を見てくれて本当にありがとうねぇ。はいっ、お礼にお寿司《すし》買ってきちゃったわ」

「わ、わざわざすみません。亜紀が家事をほとんどしてくれて、面倒を見てもらったのは俺の方みたいな感じでしたけど……」

と、話していると鞄《かばん》を抱《かか》えた亜紀が二階から下りてくる。

「お母さん、久しぶり。無事で良かったわ」

「ただいま、亜紀。ほら、夕市君にちゃんとお礼しなさい」

そう言われて、亜紀は改めて俺の方に向き直りぺこりと一礼する。

「ありがとね、夕市」

「いや、こっちこそ本当に助かったよ。またな」

「……ちなみにカレーを作って冷凍庫に小分けにしておいたわ。晩ご飯にでも、温めて食べてちょうだい」

「そ、そうか。ありがとな。じゃあ、すぐ近くだけど二人とも家まで気をつけて」

最後の最後まで、本当に世話焼きな亜紀だった。

俺は歩き去る二人を見送ってから、ドアを閉めた。

亜紀の母親が持ってきてくれた寿司はかなり豪華で、ぺろりと平らげてしまった。

そうして昼食を済ませて茶を飲んでいると、やけに家の中が静かに感じる。

ここ最近は、ずっと凪咲や亜紀がいて賑《にぎ》やかだった。

何となく、少しだけ寂《さび》しく感じてしまう。

「ちょっと早いけど準備しておくか」

まだ約束の時間まで十分以上あるが、俺は自室へと向かう。

そしてビデオ通話を起動し、凪咲が来るのを待とうとする。

が、画面を開いた瞬間既にそこには凪咲の姿があった。

「あ、あれ？　まだ約束の時間には早いぞ？」

『えへへ、待ちきれなくて先に入っちゃってたんだ。というかゆーくんも早いけど……？』

「ま、まあ俺も似たようなもんだな」

ちょっと恥ずかしくて視線を逸《そ》らしながら答える。

すると凪咲は心底嬉《うれ》しそうに、にっこりと微笑《ほほえ》んだ。

『何だか通じ合ってるみたいで嬉しいね！』

「そ、そうだな。それじゃあ午後は……」

『さっきの続き早くやろ！　まだ家が完成してないし！』

「午後はリモート勉強会だ。早く宿題の問題集を持ってこい」

『……あー、やっぱりそういう感じ？』

先ほどの笑顔とは一転、心底嫌そうに眉《まゆ》をひそめる凪咲。

「観念しろ。ただでさえかなり遅れてるんだからな」

『うぅ……わ、わかりました。ゆーくん厳《きび》しいよお。……って、ちょっと待って。お姉ちゃんが帰ってきた！』

凪咲は慌《あわ》てた様子でばたばたと部屋を出ていく。

しばしそのまま待つと、程なくして走って戻ってきた。

「どうだった？」

『お医者さんのオッケーも出て、明日からお仕事に復帰するって！』

「……ということはつまり」

『うん！　明日からまた私もゆーくん家《ち》にお世話になるね！』

そうか。

正直、心の底から嬉しい。

また凪咲と一緒に過ごせることが、本当に待ち遠しい。

「わかった。それじゃあ、待ってるからな」

『えへへ、やったね。嬉しいなぁ』

「それじゃあ早く問題集を用意してくれ」

『は、はい……』

嬉しい知らせはさておき、午後は容赦《ようしゃ》の無いリモート勉強会となった。

◇◇◇◇◇

『はぁ、はぁ……やっと終わった～』

画面の向こうで、凪咲がばったりと突っ伏《ぷ》す。

目標としていたページ数を何とか終えて、もう力尽きた様子だった。

時刻も夕方で、午後を丸々宿題に費やした。

「お疲れさん。よく頑張ったな」

『うぅ～、リモートじゃなければご褒美《ほうび》にゆーくんに撫《な》でてもらうのに』

「まあ、リモートも今日までだしな」

『そうだね！　早く明日にならないかな～』

と、勉強会後もしばらくは凪咲と喋《しゃべ》ってのんびり過ごす。

やがて夕飯時の頃合いになり、腹の虫も鳴り始めた。

「じゃ、そろそろ終わりにするか」

『うん、わかった。晩ご飯はゆーくんが作ってくれたのがあるから、楽ちんで助かるな』

「ああ、適当に温めて食べてくれ。明日は何時頃来るんだ？」

『午前中の早い時間には行きたいな。早くゆーくんと会いたいから』

「わかった、待ってるよ。じゃあ、今日はこれで」

『はーいっ、また明日ね！』

凪咲とのビデオ通話を切り、小さく息を吐《つ》く。

一時はどうなるかと思ったが、凪咲はもうすっかり元通りだ。

ちょっと前までの疲れた感じは見えず、笑顔に曇りの一つもない。

明日以降は我《わ》が家にまた来るので、俺がしっかり支えてやれる。

そう、明日以降は……。

「ん？」

俺はふと、とても重要なことに気付いてしまった。

今この家には、俺一人しかいない。

親父《おやじ》はまだ新型感染症の隔離施設にいて、帰る日は未定だ。

つまり。

「……凪咲と二人きりで、夜を過ごすのか」

以前は夜には親父が帰ってきていたので、二人きりではなかった。

しかし、今は話が違う。

いや確かについ最近も亜紀と二人きりで何日か夜を過ごしたが。

凪咲は互いに好意を寄せ合っている彼女なのだ。

「い、いやいや！　何を考えているんだ俺は⁉」

と、言いつつも俺は健全な高校生男子。

何も意識するなというのが無理な話なのだ。

その瞬間、突如スマホが机の上で振動した。

「うおっ！」

考え込んでいた俺は、その不意打ちに驚いてしまう。

こんなタイミングで一体誰《だれ》が……と思いつつ画面を見る。

「父さんか……」

毎日メッセージのやり取りはしていたが、電話は久しぶりである。

確か三日ほど前に、熱も引き症状も落ち着いたとのことだったが。

『おー夕市！　そっちは変わりないか？』

「亜紀の母さんが療養施設から出て、今日亜紀も自分の家に帰ったよ」

『ああ、それは父さんも聞いてるな。で、こっちもそろそろ帰れそうでな』

「本当に？　そりゃ良かった」

　ほっとしたような、ちょっとがっかりしたような。

　結局凪咲と二人きりで一晩過ごす展開は無さそうだ。

「明日、改めてPCR検査を受けることになってな。そこで陰性なら、翌日が療養終了日になるって、保健所の担当者が言ってたんだ」

「明日検査？」

『そうだ』

「てことは、早くても帰ってくるのは明後日？」

『そうだな』

「いやあの……。玲さんが明日職場に復帰して、凪咲もまた明日こっちに来るんだけど」

『そりゃ良かったじゃないか』

　良かったことには違いないが。

「幼馴染《おさななじみ》の亜紀はともかく、その、親が不在の家で彼女と一晩ってのはまずいだろ」

『はっはっは、そういう心配か。父さんは何も心配してないぞ！』

「親としてどうなんだよそれは!?」

　と突っ込んでも、親父は楽しそうに笑うばかり。

『ま、とにかく父さんが帰るまでは、家のことは全部夕市に任せるからな。凪咲ちゃんのことも丁重《ていちょう》にもてなすんだぞ』

親父はそう言うと、一方的に通話を切ってしまった。

「あ、ちょっと！」

……。

マジか。

凪咲と二人きりで一晩を過ごすことが確定してしまった。

今さら凪咲に、明日来るなとも言えない。

何だか無性に緊張してきた。

「いやいや、変に意識せず普段通りに振る舞えばいいだけだろ……」

俺は必死に自分へと言い聞かせた。

◇◇◇◇◇

その夜は結局緊張のあまりよく眠れず、寝不足で翌朝を迎《むか》えた。

台所に行っても、もう亜紀が用意してくれた豪華な朝食もない。

ひとまずトーストを焼き、それにコーヒーだけで済ませる。

他に誰もいないと、こうもやる気が出ないものとは。

「……凪咲が来たら、もっとちゃんとしないとな」

おそらく亜紀との生活が楽すぎて、サボり癖《ぐせ》もついてしまったのかもしれない。

凪咲が来たら、気合いを入れてしっかりせねば。


そうして家事をこなし、身支度《みじたく》をしていると時間も過ぎていく。

やがてとうとう、その時が来てしまった。

ピンポンと呼び鈴が響き、俺は玄関へと向かう。

緊張で喉《のど》が渇く。

「ゆーくーん、来たよ～！」

凪咲の元気な声がドアの向こうから聞こえてくる。

すぐに開けると、凪咲はがばりと俺に抱《だ》きついた。

「えへへー、お邪魔しま……ううん、ただいま、ゆーくん」

「あ、ああ、お帰り、凪咲」

軽く抱き返して、しばしくっつき合った後に体を離す。

「とりあえず荷物を二階に運ぼう」

「うん、ありがと！」

凪咲の表情には特に緊張した様子は見えない。

やはり二人きりで過ごすことを、俺が意識し過ぎているだけなのか。

と、思いつつ凪咲のキャリーバッグを二階へと運んでいく。

「なあ、凪咲」

「なあに？」

「父さんなんだけど、今日再度検査して、陰性なら明日帰れるそうだ」

「そうなんだ！　お父さんも重症にならなくて、本当に良かった～」

「ま、まあそうだな」

凪咲の表情からは、心からの安堵《あんど》しか読み取れない。

なんてこった、これでは俺の独り相撲《ひとりずもう》じゃないか……。

俺はキャリーバッグを二階の小部屋に運び終え、一息つく。

すると凪咲が不意に、俺の耳元に口を近付けた。

「それじゃあ、今夜は二人っきりだね」

囁《ささや》くような小声で、そう言った。

俺の耳には言葉と一緒に吐息《といき》も届き、ぞくりとして心臓も跳ね上がる。

「なっ……！」

「あははは、ゆーくん顔赤い。緊張してるの？」

完全に見透かされている。

「ば、馬鹿《ばか》言うな。普段通り過ごすだけだろ」

俺は必死に平静を装いつつ、逃げるようにして一階へと下りていった。

「えへへ、ゆーくん可愛《かわい》い。私も荷物の整理が終わったら、一階に行くね！」

あんまり洒落《しゃれ》にならないからかい方は勘弁して欲しいものである。


「ふ～、お待たせ。やっと終わったよぉ」

凪咲が荷物整理を終えて下りてきた頃には、ちょうど昼時になっていた。

俺は凪咲と二人きりで一晩過ごすことに頭がいっぱいで、つい昼食の準備を忘れていた。

だがそんな時の秘密兵器が。

「じゃあ、昼飯はカレーにするか」

冷凍庫から亜紀特製カレーを二人前取り出す。

ご丁寧《ていねい》に、ラップに包んだ冷凍ご飯も一緒に用意してあった。

「わ、冷凍してあるんだ。さすがゆーくん」

「いや、これは亜紀が最後の日にまとめて作ってくれたんだ」

「な、なるほど。さすが亜紀ちゃん、抜かりないね……」

妙に感心した様子の凪咲をよそに、ご飯とカレーを次々に温めていく。

あとは皿に盛って、適当に切ったトマトを添《そ》えれば昼食の完成である。

「わっ……ちょっと辛《から》いけど、凄《すご》く美味《おい》しい！」

凪咲の言う通り、食べるとまずピリッとした辛みが舌に走る。

だがそれは程よい刺激であり、それを追ってコクのあるルウの旨味《うまみ》が広がっていく。

スパイスの辛さ加減も、まさに俺の好みにぴったりと合う。

どうしてここまで俺の味覚に合わせられるのか、ちょっと怖いくらいである。

「こりゃ本当に美味いな……」

「ゆーくんは亜紀ちゃんのいる間、毎日こんなに美味しい料理を食べてたの？」

「そうだな。割と毎食、驚くようなレベルで美味い料理が出たな……」

俺の言葉に、凪咲は表情をしかめながらぱくぱくとカレーを口に運ぶ。

「うぅ、本当に油断も隙《すき》も無いよぉ……」

「ま、まあその話は置いといてだな。これからの過ごし方を話そう」

「過ごし方、って言うと？」

「一日の時間の使い方だな。まずは俺達の課題でもある巣ごもりデートのＳＮＳからの発信。

これは原則毎日する、ってことでいいんだよな？」

「うん！　とにかく毎日更新して、徹底的に巣ごもりで過ごすことをアピールしなきゃ」

それこそが、俺と凪咲の大切な仕事だ。

新型感染症の流行中、模範《もはん》的なカップルとしての行動を発信する。

玲さんが主導する政府のプロジェクトで、俺達が担う大事な役割。

だが同時に、俺達は高校に通うごく普通の生徒でもあるわけで。

「それじゃあ、一日の半分は巣ごもりデート、もう半分は宿題を進める時間だな」

「……わ、わかりました。ちなみにゆーくんは宿題どのくらい終わってるの？」

「もうほとんど終わってるぞ」

「うぅ……ゆーくんの裏切り者ぉ！」

いやそんなことを言われても。

「まあ亜紀がいる間にかなり厳《きび》しく指導されたからな……」

「そ、そうなんだ。大変だったたね」

「そのぶん凪咲にしっかり教えられるからな、容赦しないぞ」

「ゆーくんまで亜紀ちゃんみたいになるのは嫌だよぉ！」

と、嘆きながらカレーを完食する凪咲だった。

◇◇◇◇◇

午後はさっそく、時間を半分に区切って巣ごもりデートと宿題をすることにした。
今日の巣ごもりデートの内容は、音楽鑑賞を選んだ。
最近バタバタして凪咲も疲れているだろうし、これならリラックスできるだろう。
動画配信サイトを探すと、オーケストラのコンサート配信があった。
お茶と菓子《かし》を用意して、二人ソファに寄り添って再生する。
「えへへ、こういう落ち着いた感じなのも素敵だね」
凪咲はきゅっと俺の手を握り、身を寄せてくる。
「俺もオーケストラなんて普段聞く機会はないから楽しみだな」
流れてくるのは、穏やかながらも重厚な管弦楽の音色。
俺でも聞き覚えのあるような、有名な作曲家の音楽が中心だ。
しかし改めてこう落ち着いて聞くと、本当に耳に心地の良いメロディである。
ゆっくりと体を休めつつデートするには、一番良かったかもしれない。
凪咲もリズムに合わせてゆったり体を動かし、楽しんでいるようだった。

一時間以上に及ぶそのコンサートでは、いくつもの名曲が演奏された。

その長い時間、俺も凪咲もずっと飽きずに音楽を楽しみ続けた。

やがて最後の曲が終わると、俺も凪咲も余韻《よいん》に浸ってしばらく口を閉じていた。


「よし、それじゃあ切り替えて今から勉強の時間な」

「はーいっ！　すぐに用意するね！」

意外にも素直な返事がかえってきた。

いつもの凪咲なら何だかんだと駄々をこねるのに。

「随分《ずいぶん》やる気だな」

「えへへ、今はゆーくんと一緒にいられるのがとにかく嬉しいんだ。例え勉強でも、ゆーくんが隣に居てくれるなら頑張るよ！」

そう言うと、凪咲は二階へと早足で向かっていった。


凪咲が戻ってくるのを待つ間、ふとスマホにメッセージが届く。

親父から、さっき検査が終わり結果が無事陰性だったという連絡だ。

これで予定通り、明日には帰ってくる。

問題集を抱えて戻ってきた凪咲に、メッセージの画面を見せる。

「父さんは今日の検査で陰性で、明日帰ってくるってよ」

「本当⁉　症状が重くならなくて良かったぁ……」

「そうだな。一時はどうなることかと思ったけど」

「安心したら力が抜けちゃった。勉強はもう少し後で……」

「早く問題集の続きを開け」

「わ、わかりました……」

こうして俺は容赦なく、凪咲に宿題をやらせるのであった。


何だかんだ、一度取り組んでしまえば結構な集中力を発揮《はっき》するもので。

凪咲は決められた時間まで、きっちりと宿題を進めた。

「はいっ、もう六時！　終わりでいいよね、ゆーくん⁉」

「ああ、お疲れさん。このペースならきちんと夏休み中に終わりそうだな」

「うぅ、毎日こんなにやるのは辛いよぉ……」

「とりあえず先に風呂《ふろ》に入って、疲れを取ってくれ。その間に晩飯の準備をするから」

「うん、そうするね。ありがと、ゆーくん」

宿題の問題集を抱えて、二階へと戻る凪咲。

俺はその後ろ姿を見ながら思う。

とうとう恐れていた夜が来てしまった、と。


自分で夕食を作っていると、改めて亜紀の偉大さが思い知られる。

毎食あんなに手の込んだメニューを用意するのは本当に凄い。

などと思いつつ、俺は鮭の照り焼き定食を淡々と作っていく。

調理していると、微《かす》かに風呂場の方からシャワーの流れる音が耳に届く。

「……っ！　だから意識し過ぎるなっての！」

煩悩《ぼんのう》の塊《かたまり》か、俺は。

とにかく心を無にしようと努めながら、付け合わせのキャベツを刻む。

やがて夕食が完成間近な頃に、凪咲が浴室から出てくる気配《けはい》がした。

「ふー、気持ち良かった。いい匂《にお》い！」

頭をわしゃわしゃ拭《ふ》きながら、凪咲が台所に顔を出す。

シャンプーの良い香りがふわりと漂《ただよ》い、俺はさらにどきどきしてしまう。

「も、もうすぐできるから早く髪を乾かしてこいよ」

「はーいっ」

凪咲は早足で、とんとんと二階へ上がっていく。

やはりどうあがいても、二人きりで過ごす夜のことを意識してしまうのであった。

◇◇◇◇◇

夕食後二人で皿洗いを終えると、凪咲はSNSの編集をしに二階へ上がる。
俺はその間に風呂を済ませて、居間でのんびり体を休めていた。
報道番組では、新型感染症の感染者数がかなり減少している、とのことだった。
そうしてテレビを見てぼんやりするうちに、夜も更《ふ》けていく。
時刻は夜の十時過ぎ。
「そろそろ部屋に引っ込むかな……」
冷静に考えれば、凪咲もまだ疲れが残っているかもしれない。
SNSの更新を終えて、そのまま寝ている可能性すらある。
二人きりで一晩を過ごす、などと興奮して思い悩んでいた自分が滑稽《こっけい》に思えてきた。
と、思って立ち上がろうとした瞬間。
どたどたと急ぎ足で二階から下りてくる物音が響いた。

「ゆーくーん！　やっとSNSの更新が全部終わったよ！」

「そ、そうか。お疲れさん」

「うん！　あとは二人でまったりイチャイチャしよ！」

困惑する俺をよそに、凪咲は俺の横にどっかりと座り込む。

そして体をぎゅっとくっつけて、密着する。

腕《うで》にむにむにと胸《むね》の柔らかい感触がするのはいつものことなのだが。

今日は普段以上に、その感触にどきどきしてしまう。

服装も寝間着のホットパンツ姿で、太ももの露出も大きい。

「はー……この時間が一番幸せ」

「そ、そうだな」

俺は必死に煩悩を抑えつつ、凪咲をそっと抱き寄せる。

すると凪咲もさらに体を寄せてきて、俺にすっかり体重を預ける。

そうしてしばらくの間、無言のまま互いの温《ぬく》もりをゆっくりと感じ合う。

……まずい。

こんな時間が続くと、妙に気分が盛り上がってしまいそうだ。

何よりも、この家の中に俺と凪咲以外誰もいないという状況が、普段と違い過ぎる。

ふと凪咲を見ると、俺の方をじっと見つめていた。

目が合うと嬉しそうに微笑み、さらに強く抱きついてくる。

ちょっと可愛すぎて途轍《とてつ》もなく愛おしい。

なるほど、こうやって理性というものは崩壊していくんだな……。

と、俺が自分の限界を感じつつあったその時だった。

報道番組から、聞き逃しようのない情報が流れてきたのは。

『ここで速報です。先ほど内閣官房長官より、近日中に緊急事態宣言が解除される見込みであるとの発表がありました。新規感染者数が大幅に減少したことと、経済対策も鑑《かんが》みての判断とのことです。医師会長と協議のうえ、八月下旬を目途《めど》に解除する方針です』

俺と凪咲はそのニュースを聞き入ってから、目を見合わせる。

そして凪咲が、弾《はじ》けるような笑顔を浮かべた。

「やったぁ！　八月中に緊急事態宣言が解除されるって！　これで夏休み中に外でもデートできるね！」

「ちょうど宣言の開始から一か月くらいか。夏休み中に間に合って良かったな」

「うん！」

正直、そのニュースで気が紛《まぎ》れて心も少し落ち着いた。

凪咲は喜びのあまり俺の膝《ひざ》上に寝転がり、こちらを見上げる。

「ねえゆーくん、解除されたらどこに遊びに行こっか？」

「そうだなぁ……。玲さんがどこまで許してくれるかにもよるだろうけど」

「ずっと我慢してたんだし、ちょっとくらい許してもらおうよ！　私はお祭りと海と山と動物園と水族館と、美味しいカフェでスイーツも食べたいし、それからえっと……」

「どう考えてもそれ全部は無理だろ……」

こうして俺と凪咲は、解除後のデート談義に花を咲かせたのであった。


次第に夜も更け、寝る時間が近付いてくる。

俺はテレビの電源を消して、立ち上がろうとする。

「じゃあ、そろそろ寝るか」

何とかして、無事最後まで煩悩を抑えつけることに成功した。

我ながら大した精神力だ……と、心中で自画自賛する俺。

しかしふと、凪咲が俺の服の裾《すそ》を掴《つか》んで引き留めた。

「な、凪咲？」

「もうちょっと一緒にいたいな。……ダメ？」

俺の脆弱《ぜいじゃく》な精神力はその一言に屈して、またソファに腰を下ろしてしまう。

いやしかし、普段ならもう寝ている時間だぞ。

どうして凪咲は俺を引き留めるんだ？

俺が緊張して固まっていると、凪咲は俺に甘い声で囁く。

「ねぇ、私ゆーくんにしてあげたいことがあるんだ」

してあげたいこと⁉

夜中に二人きりの家の中で、しかも恋人同士で⁉

あああ待ってくれ、それはまだ俺の心の準備がですね……。

「いいかな、ゆーくん？」

俺の返事が遅いので、首を傾《かし》げて再度尋ねる凪咲。

いやちょっと、一体俺はどうすれば……。

「ま、まあ凪咲の頼みなら聞くけど。一体なんだ？」

「えへへ、ありがと。じゃあちょっとだけ目を閉じてもらえる？」

「あ、ああ」

うわあああ！

もう心臓がバクバクと鼓動して破裂しそうだ。

何をされるのかと、期待と不安の入り混じる中で目を閉じて待つ。

すると、凪咲の手がそっと俺の頭に添えられた。

そしてゆっくりと、俺の体を自身の方へ傾《かたむ》けていく。

……って、この体勢は。

「ふふ、ゆーくんのこと久しぶりに膝枕《ひざまくら》したかったんだ」

膝枕かーい！

とはいえ、凪咲の柔らかい太ももが頬《ほお》に当たる感覚は正直たまらないが。

「……目を閉じる必要、あったか？」

「それはまあ、ゆーくんをどきどきさせてあげようと思って」

それならお前の目論見《もくろみ》は大成功だぞ。

と、思っていると凪咲は俺の頭を撫でて、満足げに微笑む。

……まあ、凪咲が幸せそうだからこれでいいか。

凪咲の膝枕は本当に心地良く、優しく撫でてくれる手も安らぎをくれる。

先ほどまでの緊張はどこへやら、俺は安らかな気持ちで脱力していく。

「ゆーくん、眠くなっちゃった？」

俺がうとうとしているのに、凪咲も気付いたようだった。

「い、いや。部屋に戻って寝るよ」

「だーめっ。ゆーくんにはこのまま寝てもらいます」

「いやでも凪咲はどうするんだよ？」

「まあ、さすがに途中でゆーくんを起こして私も二階に戻るよ」

「そうか。……じゃあ、ちょっとだけ」

俺は目を閉じて、凪咲の体温を感じながら眠りに落ちていく。

これほど安らかで幸せな睡眠が、今までにあっただろうか。

程なくして俺の意識は完全に落ちて、深い眠りについてしまうのであった。

◇◇◇◇◇

「ん……。あれ、居間で寝てたんだっけ」

カーテンの隙間から差し込む朝陽を感じて目を覚ます。

目を開けて最初に見えたのは、居間のテレビだった。

俺はひとまず起き上がろうとして、段々と昨晩のことを思い出す。

ああ、そうだ。

確か凪咲に膝枕されて、そのまま——。

「ぶわっ」

何か大きくて柔らかいものに頭がぶつかり、俺は弾かれてしまう。

「んん……あれ、私いつの間に……」

頭上から凪咲の声が聞こえてくる。

すると、俺が今ぶつかった柔らかいものは……。

疑いようもなく凪咲の大ボリュームの胸であった。

「お、おはよう凪咲。俺も今起きたんだが、あのまま寝ちゃってたみたいだな」

何事もなかったかのように、平静を装って起き上がる俺。

凪咲も寝ぼけているようで、胸に頭突きしたことは気にしていないようだった。

「ふわぁ……。結局あのまま私も眠っちゃったんだ。ふふ、一夜を共にしちゃったね♡」

「この状況でそういう表現にはならないだろ……」

俺は体をぐっと伸ばし、カーテンを開ける。

「私、顔洗ってくるね」

「ああ。というか、ずっと座った体勢で寝てたんだろ？　体痛くないか？」

俺の問いに、凪咲は両手を頭上にあげて体を伸ばす。

その体勢では大きな胸が凄《すさ》まじく強調されて、圧巻の光景が広がる。

「んー、大丈夫みたい。寝ながらゆーくん成分をばっちり補給したからね！」

「俺の成分にそんな効果は無いと思うが……」

そんな話をしながら、俺と凪咲は各々《おのおの》朝の支度に取りかかった。

朝食を終えると、凪咲が俺を居間に呼び出した。

「ね、ゆーくん。一緒にお姉ちゃんに相談してみよう！」

「相談？　何をだ？」

「緊急事態宣言が終わった後、一回だけ自由にデートさせてください、って」

「あー……なるほど。まあ頼むだけ頼んでみるか」

正直それは難しいだろう、と俺は思っていた。

宣言が解除されたからといって、皆がこぞって外で遊んでは逆効果だ。

だから解除後も、当分は混雑を避《さ》けるよう要請されるだろう。

「えーっと、よしっ、繋《つな》がった！」

凪咲のタブレットでビデオ通話が開始される。

画面にはスーツ姿でキリッとした仕事モードの玲さんが映る。

この人は本当に、家での気の抜け具合とは別人のようだ。

『凪咲？　それに蔵木君も。何か用？』

「お姉ちゃん、昨日ニュースで見たんだけど、もうすぐ宣言が解除されるって本当？」

『あー、その件ね。まあだいたい報道通りで、八月後半には解除されるわよ』

「そ、それじゃあさ。解除されたら、ゆーくんと一回だけ自由にデートしていい？」

『……自由に？』

玲さんの表情が少し厳しい雰囲気《ふんいき》になる。

凪咲もそれは感じているようだが、負けじと声を上げる。

「ず、ずっと巣ごもりとかリモートのデートをＳＮＳで発信してきたでしょ。だからご褒美っていうことで、人混みとか気にせず好きな所に行く感じで……」

『却下』

ぴしりと言い放つ玲さん。

「お、お姉ちゃんどうして⁉」

『宣言を解除した瞬間、皆が自由に遊び歩いていいということじゃないのよ。感染を避ける行動は継続しつつ、徐々に日常へ戻っていく。政府からも国民へそう求めていくわ』

「そ、それはそうかもだけど……」

『感染症対策を徹底したカップル像の発信。それがあなた達に課された役目でしょ。だから宣言解除後も、当面は巣ごもりやリモートを推奨《すいしょう》させてもらうわ』

「そんなぁ……」

がっくりと項垂《うなだ》れた凪咲は、俺に助けを求めるような視線を向ける。

だが、こればかりは玲さんの言う通りだろう。

「凪咲、俺も玲さんと同意見だ。もし万が一俺と凪咲が人混みでデートして、それが知り合いに見られたらどうなる？　今まで積み重ねてきたイメージが台無しになっちまう」

「うぅ、そ、それは確かに」

「ここは我慢しよう。巣ごもりやリモートでも、俺と凪咲なら楽しくデートできるしな」

凪咲は画面の玲さんと俺を交互に見て、それから溜息《ためいき》を吐く。

「わ、わかりました……。お姉ちゃん、仕事中にごめんね」

「私も申し訳ないと思うけどさ。ま、我慢してちょうだい」

通話が切れて、凪咲は見るからにがっかりした表情を浮かべる。

……まあ理屈としては玲さんが正しいが、凪咲の気持ちもわかる。

何か凪咲を満足させられる方法はないだろうか。

と、考えていると不意に玄関で物音が聞こえた。

鍵《かぎ》が開く気配がして、程なくして少し懐かしい声が響く。

「おーい帰ったぞ、ただいま」

親父が帰ってきた。

がっかりしていた凪咲も、即座に笑顔を浮かべて立ち上がる。

「お帰りなさーい！」

俺よりも先に玄関先へ走っていってしまう。

俺も慌ててその後ろに続き、親父を出迎える。

「お帰り。とんだ災難だったな」

「まあちょうどいい骨休めになったよ。社会人になってから、あんなに何もしない時間を過ごしてなかったしな」

我が父親ながら、淡々としたものである。

とにかくこうして、我が蔵木家には元の生活が戻ってきたのであった。

◇◇◇◇◇

それからの数日間は、毎日巣ごもりデートと勉強会の日々だった。

一緒にドラマやアニメを見たり、テレビゲームやボードゲームをしたり。

再び挑戦したお菓子作りは、亜紀の力を借りずともそれなりにうまくできた。

他にもプラモ作りをしたり、二人で絵を描くのに挑戦したりもした。

どの巣ごもりデートも凪咲と一緒なら本当に楽しくて、最高の日々だった。

凪咲の宿題も、毎日の努力の甲斐《かい》あって数日の余裕を持って完了した。

ＳＮＳのフォロワー数十万増という目標も、同じ頃に無事達成した。
そうして迎えた、夏休み終了前の八月二十七日。
総理大臣が緊急事態宣言の終了を発表したのであった。

終章 最高の夏休みに、最高の思い出を

FINAL CAPTER

kanojyo no Social distance ga chikasugiru

「ゆーくんの家で過ごすのも明日までかぁ」

八月二十八日。

緊急事態宣言が終了した翌日。

同時にこの日は、凪咲《なぎさ》が自分の家へ帰る前日でもあった。

夏休みの宿題も全《すべ》て無事に終え、巣ごもりデートの発信も毎日こなしてきた。

「そうだな。思えば随分《ずいぶん》と濃密な夏休みだったな……」

「うん。途中で大変なこともあったけど、楽しかったなぁ」

俺《おれ》と凪咲は朝食を終えて、居間でまったりと過ごしていた。

ちなみに今日は、相談して巣ごもりデートの発信も休むことにした。

結構長く我《わ》が家に滞在《たいざい》していた凪咲が、荷物を整理する時間が必要だろう。

というのは建前《たてまえ》で。

俺には秘密の計画があった。

「ところで凪咲、荷物の整理は大丈夫か？」

「う……。実はまだやってない。よーし、そろそろ手を付けようかな」

ソファから立ち上がる凪咲。

実際凪咲は衣類や小物をけっこうたくさん持ってきている。

きちんと整理してまとめるには、それなりに時間がかかるはずだ。

「あっ、そうだゆーくん、掃除機も借りていい？」

「ああ、もちろん。掃除してくれるのか？」

「うん、何日もお世話になった部屋だし、綺麗《きれい》にしていかないと」

よしよし、それは嬉《うれ》しい誤算だ。

せっかくなので俺は掃除機の他にも、雑巾《ぞうきん》とバケツも渡す。

「いやあ悪いな、凪咲。せっかくだからよろしく頼むぞ」

「うん、任せて！　よーし、掃除するぞ！」

意気揚々と掃除道具を抱《かか》えて、二階へと向かう凪咲。

よし、今のうちだ。

できる限り凪咲に勘付かれないように、ことを進めなければならない。

俺は計画に必要な器具を戸棚の奥から取り出し、自分の部屋に持っていく。

たこ焼き機とわたあめ機。

いずれも買ってからあまり使わないまま、戸棚の奥で眠っていた哀《かな》しき調理器具だ。

続いて押し入れの奥からは、子供用ビニールプールを引っ張り出す。

それらに加え、こっそり通販で買っておいた花火やヨーヨー。

よし、計画に抜かりはないはず。

「ゆーくーん、掃除機が何か詰まっちゃったよー」

凪咲が下りてくる気配《けはい》がして、俺は慌《あわ》てて部屋を出る。

「すぐに行くから、二階で待っててくれ！」

この計画は、直前まで凪咲に勘付《かんづ》かれるわけにはいかない。

俺は慌てて部屋を出て、二階へと駆《か》けていった。

◇◇◇◇◇

凪咲から隠れながら必死に準備を進め、時刻も夕暮れ時になっていた。

幸いにも凪咲は掃除と荷物整理に手こずり、俺の行動には気付かなかった。

「ゆーくーん、やっと片付け終わったよ！」

凪咲が二階から下りてくる。

よし、このタイミングでいいだろう。

「お疲れさん、凪咲。突然だけど、これからデートしないか？」

「え!?　もう夕方だし、外でデートしたらお姉ちゃんに怒られちゃうけど……？」

「それならどっちも問題ない。どうかな、俺とデートしてくれるか？」

「もちろん！　ゆーくんがそう言うなら、きっと大丈夫だし！」

こちらを信じ切ったような、満面の笑みを浮かべる凪咲。

俺はその答えを聞いて、隠し持っていた大切なものを凪咲に差し出す。

「それじゃあ、これを着てもらえるか？」

「え？　これって……」

以前リモートデートした時に買った、浴衣《ゆかた》である。

玲《れい》さんに頼んでこっそり送ってもらったのだ。

「俺も自分のやつに着替えて待ってるから」

「ふふふ、何だろ。凄《すご》く楽しみになってきたな」

凪咲は浴衣を受け取ると、足取りも軽く二階へ向かう。

俺も自室へと戻り、同じく以前買ってあった浴衣へと着替えた。

「お待たせゆーくん。に、似合うかな……？」

凪咲の浴衣姿は、言うまでもなく圧倒的な可愛《かわい》らしさだった。

白い布地に紫陽花《あじさい》模様の柄は、凪咲の可憐《かれん》さを絶妙に引き立てている。

長い髪を後ろで結び、見え隠れするうなじが艶《つや》やかさを醸《かも》し出す。

浴衣のラインは大きな胸《むね》やくびれたウエストのラインを浮き彫りにする。

凄《すさ》まじく可愛くて、それでいて色っぽさも兼ね備えた凪咲の姿。

もはや芸術的なほどに可憐だった。

「あ、あの、ゆーくん、そんなにジロジロ見たら恥ずかしいよ」

「い、いやそのすまん、ちょっと可愛すぎてつい」

「ふふふ、本当？　ゆーくんの浴衣姿も格好いいよ」

「そ、そりゃどうも」

こうしてしばしの間、互いの浴衣姿を鑑賞し合う。

やがて凪咲は、期待に満ちた瞳《ひとみ》で口を開く。

「それで、一体どんなデートに連れていってくれるの？」

「ああ。お祭りデートだ」

「お祭り!?　で、でも人がたくさんいるんじゃ……？」

「いや。二人きりでだ」

俺の言葉にきょとんとする凪咲。

俺は凪咲の手を引いて、自分の部屋に入る。

「ゆ、ゆーくんの部屋でお祭りがあるの？」

「さすがに部屋じゃ無理だからな。こっちだ」

俺はカーテンと窓を開けて、縁側に出る。

この部屋は家の庭に接しており、小さいながらも縁側のある造りなのだ。

「え……こ、これって」

庭の光景を見て、凪咲は目を輝かせた。

我が家の決して広くない庭に用意した即席の出店と、ヨーヨー釣り。

「おっ、いらっしゃいお二人さん」

出店の中には、このために半休を取って手伝ってくれた親父《おやじ》の姿。

わたあめ百円、たこ焼き二百円と、それっぽい値札まで用意してある。

凪咲はすぐに、俺の手を引っ張って屋台へと向かう。

「わぁ、本当にお祭りだね！　ゆーくん、わたあめ買って欲しいな」

「はいよ。わたあめ二つ下さい」

親父はすぐにわたあめ機を起動し、わたあめを作りはじめる。

割りばしにぐるぐるとわたあめが巻き付いていくのを、凪咲は楽しそうに眺める。

程なくしてわたあめが二つ出来上がる。

「えへへ、わたあめ食べるの久しぶりだな」

俺と凪咲は縁側に腰掛けて、寄《よ》り添《そ》いながらわたあめを食べる。

楽しそうな凪咲の横顔を見て、俺はほっと安堵《あんど》していた。

ある意味これは子供騙《こどもだま》しみたいなものだ。

外でデートできず悲しんでいた凪咲に、少しでもそういう気分を味わってもらいたい。

その一心で自分なりに工夫を凝らし、準備はしてきた。

それでも、満足してもらえるかは正直疑心暗鬼《ぎしんあんき》でもあった。


「ねえゆーくん、今度はヨーヨー釣りがしたいな」

「ああ、わかった」

親父に代金の百円を渡して、釣り針をもらう。

ちなみにヨーヨー釣りのセットは、通販で探したらすぐに見つかった。

今の世の中、便利なものである。

「それじゃあゆーくん、勝負しよっか。多くヨーヨーを釣った方の勝ちね」

「面白《おもしろ》い、負けないぞ」

これがまた、単純なようで難しい。

釣り針と繋《つな》がった糸が、紙製で切れやすいものなのだ。

力加減を間違うと、簡単にぷつりと切れてしまう。

俺は細心の注意を払いながら、ゆっくりとヨーヨーに針を引っかける。

「えーっと……これが釣りやすそうかな？」

凪咲はビニールプールの周囲を回り、俺の正面あたりで身を屈《かが》めた。

その瞬間浴衣の胸元《むなもと》が緩《ゆる》み、柔らかそうな谷間が見えてしまう。

浴衣から見える大きな谷間というのはまた、破壊力が抜群過ぎた。

俺はその衝撃で、うっかり手に力が入り過ぎてしまう。

「し、しまった！」

糸がぷつりと切れてしまい、途中まで釣り上げていたヨーヨーが落下する。

それを見た凪咲は腕《うで》まくりをして、気合いを入れる。

「よーし、一つ釣り上げれば私の勝ちね！」

先ほどから見えている胸元の谷間。

腕まくりして露《あら》わになった二の腕。

うむ……最高に眼福だ。

と、俺が凪咲に見惚《みほ》れていると、ヨーヨーが一つ釣り上げられていく。

「わーい、釣れた！　私の勝ちだよ！」

凪咲は嬉しそうに笑いながら、ばしばしとヨーヨーで遊ぶ。

「何てこった……。意外とうまいんだな、凪咲」

「えへへ、それじゃあ負けたゆーくんには、私にたこ焼きをおごってもらいます！」

「はいはい」

既に親父はたこ焼きを作り始めており、少し待つとパックに入れて渡してくれた。

「うーん……熱いたこ焼きって、なんでこんなに美味《おい》しいんだろう」

凪咲は美味しそうにたこ焼きを口に運んでいく。

縁側では涼しい風が通り過ぎ、穏やかな時が流れる。

「はいっ、ゆーくん、あーんして」

「え!?　あ……あーん」

俺の口に、凪咲がたこ焼きを入れる。

このいかにも露骨に恋人っぽいやり取りが、また幸福感を増してくれる。

親父の作ったたこ焼きも、普通に美味い。

そうして二人でたこ焼きを食べていると、親父は即席の出店を片付けはじめた。

「じゃ、お店はそろそろ閉店だからな。後はごゆっくり」

親父はたこ焼き機やわたあめ機を抱えて、撤退《てったい》していく。

「お父さん、本当にありがとうございました！」

凪咲は律儀に、頭を深々と下げる。

「はっはっは、俺は名もなきただのたこ焼き屋さ。それじゃあお嬢さん、最後までお祭りを楽しんでいきな」

……ありがとう、親父。

この話を持ち掛けた時、俺以上にノリノリで準備を手伝ってくれた。

親父の協力なしでは難しかっただろう。


親父の姿が消えると、凪咲はすぐ俺にぎゅっとくっついた。

さすがに親父の手前、イチャイチャはセーブしていたのだろう。

「ありがとね、ゆーくん。こんなに素敵なお祭り、生まれて初めてだよ」

「感想を言うにはまだ早いぜ。祭りの締《し》めと言えば、やっぱりこれだろ」

俺は縁側の下に用意してあった、花火セット一式を取り出す。

すると凪咲の瞳が、一際《ひときわ》きらきらと輝きはじめた。

「わぁ、花火！」

「さすがに打ち上げ花火までは用意できなかったけどさ」

用意したのは、ファミリー用のいわゆる手持ち花火一式。

「私こういう花火も大好きだよ！　ね、早くやろ」

「そうだな。じゃあ、まずはこれから……」

ススキ花火に火をつけると、鮮やかな火花が迸《ほとばし》っていく。

火花は赤から青、黄色に緑と鮮やかに色を変える。

もちろん花火自体も綺麗なのだが、それに照らされる凪咲の姿に見惚れてしまう。

「ほらほら、ぼーっとしてないでもっと花火しよ！」

「あ、ああ」

手筒花火は派手に火花が散り、凪咲は怖がって俺の後ろから観察していた。

その際背中に胸が当たり、ちょっと花火どころではなかった。

ネズミ花火はなぜかひたすら凪咲を追い回し、凪咲は大騒ぎになってしまう。

スパーク型の花火は綺麗な花の形で、二人一緒に見入ってしまった。

と、順々に花火を楽しんでいって、最後に残ったのは。

「ふふ、最後は線香花火だね。一緒にゆっくり見よ」

俺達は縁側に腰掛けて、線香花火に火を点《つ》ける。

程なくして、ぱちぱちと綺麗で静かな火花が散りはじめる。

「私、これが一番好きかも」

凪咲は俺に肩をくっつけて、寄り添いながら言う。

「そうだな。この独特の静かな雰囲気《ふんいき》は、俺も好きだ」

次第に火花の散りが穏やかになり、そして小さな火の玉がぽとりと落ちる。

俺と凪咲は互いに黙ったまま、その余韻《よいん》に浸っていた。

いつの間にか、どちらからともなく二人の手がきゅっと繋がれる。

「これで、蔵木《くらき》家主催の夏祭りは終わりだ。楽しんでもらえたか?」

「……最高のお祭りだったよ。今年は行けないと思ってたけど、夢が叶《かな》っちゃった」

「来年は、もっとちゃんとした祭りに二人で行けるといいな」

「えーっ、私は来年もこのお祭りがいいなぁ」

「……ま、まあ考えておくよ」

と、そんな話をしながら縁側でまったり過ごす。

「さてと、そろそろ中に戻るか」

「あ、ちょっと待って。その前に私からお礼がしたいんだけどいいかな?」

「お礼?」

「うん。ちょっと目を閉じてもらえる」

俺は言われた通りに目を閉じる。

何かつい期待してしまいそうなシチュエーション……。

だが俺は二度同じ手は食わない。

また膝枕《ひざまくら》でもして、こちらを肩透かしさせてからかうつもりなのだろう。
ちゅっ……ちゅぷ……
不意に、唇《くちびる》に柔らかな感触がした。
瞬間、俺の思考は固まってしまう。
あれ？
これって、その、もしかして。
薄《うっす》らと目を開けると、至近距離に凪咲の顔。
硬直した俺に対して、凪咲は自ら積極的に唇を重ねていた。
蕩《とろ》けるように柔らかな唇から、時折ちゅっ、ちゅっ、と接触音が響く。
凪咲と俺の手は、きゅっと強く繋がれていく。
そうして静かな夜の空気の中、二人はキスをしたまま離れない。
……凪咲との唇のキスは、これがまだ二回目だ。
凪咲の中で何か線引きがあるのだろう。
イチャイチャとくっつくのは日常だが、唇を重ねることは滅多《めった》にない。
しかし今日は、初めての時よりもずっと長くキスをしたままだった。
やがて、名残惜しそうにゆっくりと凪咲の唇が離れていく。
「……はいっ、お礼おしまい。さ、中に戻ろ」

「……あ、ああ」

余韻覚めやらぬ俺を引っ張るように、凪咲が手を引く。

こうして縁側から部屋に戻り、今度こそお祭りが幕を閉じたのであった。

◇◇◇◇◇

「本当にお世話になりました！」

翌日。長かった凪咲の滞在も終わり、いよいよ帰る時間となった。

凪咲は玄関で、親父に深々と頭を下げる。

「いやぁ、凪咲ちゃんはもううちの家族だからな。いつでも遊びに来るといい」

「はいっ！　ありがとうございました、お父さん！」

「いやいや。それじゃあ夕市《ゆういち》、後は頼んだぞ」

俺は凪咲のキャリーバッグを手に持ち、凪咲と一緒に外へ出る。

「わかってるよ。それじゃ、行ってきます」

「ごめんねゆーくん、暑いのに駅まで一緒に来てもらって」

「いや、気にするな」

俺は凪咲と話しながらも、ついついその艶やかな唇に視線が向いてしまう。

昨晩、あの唇と長い間口付けをしていた……。

そのことを思い出すと、どきどきと胸が高鳴るばかりだった。

「うーん、それにしてもすぐに二学期だねぇ、ゆーくん」

凪咲に声を掛けられて、俺はようやく我《われ》に返る。

「そ、そうだな。早いもんだ」

「夏休みも楽しかったけど、やっぱり早く学校でもイチャイチャしたいなー」

「夏休み中にもイチャイチャしまくっただろ？」

「うーん、でもゆーくん成分はすぐ枯渇《こかつ》しちゃうんだもん。えいっ、チャージ！」

おどけた調子で言いながら、俺の腕をぎゅっと抱《だ》く凪咲。

二学期は、凪咲とどんな日々を過ごせるのだろうか。

俺の胸は早くも、凪咲との楽しい日々への期待でいっぱいになるのであった。

あとがき

皆様こんにちは。冬空《ふゆぞら》こうじです。

拙作『彼女の〝彼女の適切な距離《ソーシャルディスタンス》〟が近すぎる』二巻を無事刊行することができました。

一巻に引き続き本書を手に取っていただき、ありがとうございます。


二巻では夕市《ゆういち》が美少女の彼女や幼馴染《おさななじみ》と、二人きりで数日過ごす状況となっております。

彼女の凪咲《なぎさ》と二人きりになってイチャイチャしたり悶々《もんもん》としたり。

幼馴染の亜紀《あき》と一緒に過ごして、彼女に悪いと思いつつどぎまぎしたり。

そんな波乱に満ちた夏休みを過ごしながら、二人の美少女の間で揺れる夕市。

前世でどんな善行を積めばそんな青春時代を送ることができるんでしょうかね？

……というくらい、本書はうらやまけしからん内容となっております。

読み終えた皆様が楽しんでいただけたのであれば、筆者冥利《みょうり》に尽《つ》きるというものです。


さて、本文中ではそこそこお料理の描写があります。

私も割と自炊《じすい》をする方で、上手い下手はさておき料理は好きです。

が、まあまあ自炊歴が長いにも関わらず、いまいち上達せず。

本作の幼馴染ヒロインの亜紀さんみたいな彼女が出来て、一緒にお料理できたらなあ……。

とか思いつつ今日も一人で料理して、餡がダマになり過ぎて失敗した中華丼を食べました。

うーん、現実世界は厳しい。


と、そんな心からどうでもいいことはさておき、ここからは謝辞を。

一巻に引き続き、本当に可愛らしいイラストを描いてくださった小森《こもり》くづゆ先生。

完成したイラストを見る度に、心の中で歓声を上げて大喜びの連続でした。

担当編集のH様をはじめ、GA文庫編集部の皆様。

本作の刊行にあたり、数々のご尽力をいただき感謝の念でいっぱいです。

そして最後に、読者の皆様。

作品を読んで、そして楽しんでいただくことが筆者として一番の幸せです。

本書をお読みいただいたことに、心からの感謝を申し上げます。

それでは、また次の物語でお会いしましょう。

ファンレター、作品の
ご感想をお待ちしています

〈あて先〉

〒106－0032
東京都港区六本木2－4－5
SBクリエイティブ（株）
GA文庫編集部 気付

「冬空こうじ先生」係
「小森くづゆ先生」係

本書に関するご意見・ご感想は
右のQRコードよりお寄せください。

※アクセスの際や登録時に発生する通信費等はご負担ください。

https://ga.sbcr.jp/

彼女の“適切な距離《ソーシャルディスタンス》”が近すぎる 2

発　行　　2022年10月31日　初版第一刷発行
著　者　　冬空こうじ
発行人　　小川 淳

発行所　　SBクリエイティブ株式会社
〒106－0032
東京都港区六本木2－4－5
電話　03－5549－1201
03－5549－1167（編集）

装　丁　　鈴木亨

印刷・製本　中央精版印刷株式会社

ISBN978-4-8156-1213-9
Printed in Japan　GA文庫

転生魔王の大誤算５
～有能魔王軍の世界征服最短ルート～
著：あわむら赤光　画：kakao

GA文庫

　ある日、気付くと魔王城の暮らしとはほど遠い庶民の生活を送っていたケンゴー。ルシ子やアス美いわく、自分たちは魔将などではなく、幼なじみのご近所さん!?　何者かに常識を書き換えられた幻惑攻撃の一種だと即座に見破ったケンゴーだったが、魔王扱いされない生活って逆にご褒美なんですけど！　庶民生活最高！　むしろ一生続いてもいいのにと思いはじめた矢先――あれ？

「お前も幻惑されてないのかよ!?」

　なぜかベル乃も元の記憶を残していると判明。その意外な理由が明らかになる時、彼女の内面を知り、ケンゴーは自ら魔王になる決意をする。

　守るべき者のため名君であり続ける最強サクセスストーリー第５弾!!

痴漢されそうになっているＳ級美少女を助けたら隣の席の幼馴染だった７
著：ケンノジ　画：フライ

GA文庫

「諒くん相手に嘘ついてどうするの。ずっと一緒だったのに」

　ついにやってきた学園祭。学校全体がお祭り気分に包まれるなか、諒のクラスは自主映画の完成を迎えていた。主演を務めた姫奈は演劇部からの依頼で学園祭の演劇で舞台に立つことになり、着実に夢に向かって歩む。そんな姫奈を応援する諒だったが、その傍らで自身が恋愛に対して不器用な原因に触れて……？

「後夜祭、グラウンドの中央で待っています」

「あのさ……後夜祭なんだけど――」

　ヒロインたちの想いが爆発し、ついにそれぞれの恋路に変化が訪れる。

　不器用な恋に進展の気配が近づく、幼馴染との甘い恋物語、第７弾。